B.W. Zocher

SHORT STORIES
OF LIFE

Erzählungen

Standardvermerk der Deutschen
Nationalbibliothek
Die Deutsche Nationalbibliothek verzeichnet diese
Publikation in der Deutschen Nationalbibliografie;
detaillierte bibliografische Daten sind im Internet
über http://dnb.d-nb.de abrufbar.

Herstellung und Verlag: Books on Demand GmbH, Norderstedt
© 2011 Bernd W. Zocher
Layout, Illustrationen und Umschlaggestaltung: B.W. Zocher
Coverfoto: B.W. Zocher
ISBN 9-783842-360440 · Printed in Germany

*In manchen Momenten
können wir Helden sein, in anderen Narren,
doch häufig sind wir beides zugleich*

Vorwort

Brücken schaffen Verbindungen und in diesem Fall schlägt der Autor eine Brücke vom Jetzt zu den Erinnerungen vergangener Lebensaugenblicke und gibt somit kleine Einblicke in seine Gedankenwelt. Auch Erinnerungen setzen Rost an, sind aus der Ferne betrachtet veränderlich, wandeln sich je nach Befindlichkeit des Schreibenden und sind doch immer wahr, denn sie spiegeln jedesmal die Realität des Erinnernden wider. Es dreht sich hier nicht um die großen Momente der öffentlichen Weltgeschichte, sondern um die großen Momente im Leben eines Einzelnen, der hier Stationen seines Lebens betrachtet, geprägt von Liebe, Melancholie, Zweifeln und Lebenshunger, ein Suchender wie Du und ich, getrieben von romantischer Sehnsucht nach Neuem unter gleichzeitigem Erhalt des Erlebten. In diesem Buch wird durch die Sprache und ihre starke, authentische Aussagekraft die Brücke zu Beidem geschlagen und die Reise kann weiter gehen, neuen Erinnerungen und Lebensaugenblicken entgegen.

Christoph Sasse, 17. April 2011

Inhalt

Drei Tage im September

Irgendwie lief alles total beschissen, da traf es sich ganz gut, daß ein paar Kumpel das Wochenende in Hamburg verbringen wollten. Alles klar, ich komme mit. Einfach mal raus und den ganzen Scheiß hinter sich lassen. Am Freitag trafen wir uns alle bei Dennis, packten den Wagen voll, holten noch ein paar Zehnerträger von der Tanke und ab gings auf die Autobahn. Es dauerte nicht lange und die ersten Biere machten die Runde. Alle waren gut drauf und ein Spruch jagte den nächsten. Rüdiger packte sein letztes Dope aus.

»Hier bau´ mal einen!«

Da wir zu fünft waren, fiel der Joint entsprechend groß aus. Egal, in Hamburg sollte es Nachschub geben.

Geiler Stoff, alle waren am geiern. Als Dennis gerade einen tiefen Zug nahm, wir schossen gerade auf der A352 Richtung A7, überholte uns ein BMW. Der Fahrer sprach in ein Sprechfunkgerät und starrte die ganze Zeit in unseren Wagen.

Scheiße, ein Zivilbulle, das musste ja passieren. Fünf durchgeknallte, langhaarige Typen in einer alten Rostlaube und dann noch die dicke Tüte, wir waren geliefert.

An der Auffahrt stehen bestimmt schon seine Kollegen und statt in Hamburg würden wir die nächste Nacht garantiert auf der Wache verbringen. Die Stimmung schlug schlagartig um. Noch schnell einen Zug aus der Tüte, dann weg damit aus dem Fenster. Was war mit den leeren Bierflaschen, die mittlerweile überall im Wagen rumflogen?

Anhalten war unmöglich und die Autobahn Richtung Ham-

burg lag direkt vor uns. Atem anhalten und Gas geben!
Noch ´ne Kurve und wir reihten uns in den fließenden Vekehr
ein. Keine Bullen, Schwein gehabt, diese blöden Sprechfunk-
geräte müssten verboten werden.

Eine Viertelstunde später war der Schreck vergessen und als
wir Hamburg erreichten, war das Bier auch alle.

Wir klingelten bei Paul, einem Kumpel von Rüdiger.

»Hi Leute, schon da?« Paul führte uns ins Wohnzimmer.

»Heute Nacht müsst ihr alle hier pennen, morgen fährt
mein Mitbewohner in Urlaub und das Zimmer ist frei.«

»Alles klar, null Problemo, rück erstmal ein paar Bier
raus!«

Wir kippten noch ein paar Bier und machten einen Plan für
die Nacht.

»Erstmal zum Griechen was spachteln und dann mal
sehen, wo wir etwas Dope auftreiben können!«

»Ich bin fertig und muß ´ne Runde pennen«, sagte Heiner.

Alles klar, wir zogen los.

Der Grieche war so alternativ, dass zwischen Klo und Küche
kaum ein Unterschied zu entdecken war. Die Pita war aber ok
und Bier gab´s auch reichlich. Die ganze Straße schien nur
aus Kneipen zu bestehen und während wir anfangs noch ganz
diskret nach Dope fragten, labberten wir in der dritten Kneipe
bereits jeden Langhaarigen voll – jedoch ohne Erfolg. Dennis
und ich hatten bald die Schnauze voll und hingen nur noch
am Flipper ab. Akki und Paul hielten sich an der Theke fest
und Rüdiger war verschwunden. Kurz stieß er uns an.

»Schnell raus hier, gibt Ärger!»

Wir latschten hinter Rüdiger her. Kaum waren wir durch
die Tür, fing er an zu rennen

»Los schnell!“

Wir rannten alle hinter ihm her, bogen um ein paar Ecken, stolperten eine Treppe runter und landeten in einer alternativen Weinstube.

»Hab´ uns astreinen schwarzen Afghanen besorgt, der Typ meinte allerdings, dass es hier zur Zeit nur so von Bullen wimmelt«, sagte Rüdiger.

Wir hielten uns circa ´ne halbe Stunde an unserem Wein auf und glaubten dann, die Luft wäre rein. Also auf Richtung Reeperbahn ins Grünspan. Als wir an einem Kino vorbei torkelten, blieb Akki stehen.

»Ej, kuckt ma´ was da läuft!«

Wir blickten hoch und da stand in großen Lettern

»VIEL RAUCH UM NICHTS«.

Klar, das galt uns, also alle rein.

Im abgetrennten Foyer testeten wir den Afghanen an und schwankten dann ins bereits dunkle Kino. Irgendwie waren alle plötzlich verschwunden, ich mußte mich erstmal an die neuen Lichtverhältnisse gewöhnen. Ich entdeckte einen freien Platz und knallte mich hin. Bei Licht würde ich die Anderen schon wieder finden. Der Film war nicht gerade der Hit, ich döste vor mich hin, als plötzlich eine dunkle Gestalt am Rande der Leinwand erschien und langsam ins Licht schwankte. Das Publikum bölkte und die Gestalt drehte sich uns zu.

»Akki, der Penner«, er grinste ins Publikum, schwenkte seine Arme, sprang von der Bühne und verschwand dann in der Ecke mit dem beleuchteten WC-Schild. Ich konnte mich vor lachen kaum halten, keiner im Film sah fertiger aus als er und ich war mir sicher, daß auch keiner zugeknallter war.

Der Rest des Films brachte keine weiteren Höhepunkte und als das Licht anging, kamen mir meine Kollegen schon entgegen,

»Wo ist Paul?«

»Keine Ahnung, war der nicht eben noch bei Euch?«, entgegnete ich.

Wir warteten bis sich das Kino geleert hatte, doch von Paul war nichts zu sehen. Dann eben ohne ihn ins Grünspan, dachten wir und gingen los. Nach wenigen Metern entdeckten wir Paul, er stand in einem Hauseingang gelehnt und pennte.

»Leg´ dich im Grünspan ab!«, sagte Rüdiger.

Wir nahmen ihn unter die Arme und waren auch schon im Grünspan. Erstmal ein Sandwich, nach den Lachattacken war jetzt wohl der Fresstrip angesagt.

Projektoren warfen psychodelische, sich ständig verändern Muster an die Wand, aus den Boxen dröhnte Pink Floyd und Led Zeppelin, im Halbdunkeln bewegten sich vereinzelt einige Mädels gedankenversunken zu den Klängen, ein Pärchen lag knutschend auf einem Sofa und im Hintergrund schlürften ein paar abgedrehte Typen zur Tanzfläche. Der ideale Platz für einen Joint. Wir brachten unseren THC-Gehalt wieder auf voll dicht und ließen uns in die Polster fallen. Ab und an raffte sich der ein oder andere auf um für Biernachschub zu sorgen, ansonsten saßen wir nur da und sagten nichts. Ich starrte auf die Wand und war mir bald nicht mehr sicher, ob diese Farbexplosionen auf der Wand oder in meinem Kopf stattfanden.

Bei »Stairways to Heaven« schwebte ich bereits über dem Sofa und hob vollends ab, als Jimy Hendrix zu einem seiner wahnsinns Solos ansetzte. Die Farben vermischten sich mit dem vollen Gitarrensound zu einer breiigen Masse, die alle meine Bewegungen wie in Zeitlupe erscheinen ließen. Ich kämpfte mich nach oben bis mich die zähe Masse trug. Dieses blubbernde Meer aus Farben pulsierte im Rhythmus der Musik und wippte mich höher und höher der Decke entgegen.

Mittlerweile wurde es voller auf meiner Wolke, ich kämpfte mich an wabbernden Körpern vorbei, bekam einen Stoß in den Rücken und landete etwas unsanft zwischen einigen Bierflaschen neben einer der riesigen Boxen. Raffte mich auf, schwankte zur Bar rüber und bestellte ein Bier. Akki hatte ich eben noch auf der Tanzfläche gesehen und Paul lag bestimmt noch unter meiner bunten Blubberwolke, aber wo waren die anderen? Ich sah mich um und entdeckte Dennis am anderen Ende der Theke. Als ich mich zu ihm durchkämpfte, kam Rüdiger an.

»Lass´ uns weiterziehen!«

Wir sammelten alle ein und Rüdiger faselte was von einer typischen alten Hamburger Hafenkneipe.

»Ich kenne ´ne Abkürzung zum Taxistand.«

Wir stolperten aus dem Grünspann, links rum Richtung Reeperbahn, dann eine Einfahrt runter in eine Tiefgarage, die sich als Kontakthof entpuppte, schwankten, einer nach dem anderen, an den uns vollquatschenden Nutten vorbei und standen schließlich vor dem Taxistand.

Kurz darauf fanden wir uns in einer etwas schmuddeligen, in fahlem Grün gehaltenen, Kneipe mit Soleiern auf der Theke wieder. Ein paar alte Seebären oder Typen, die zumindest so aussahen, saßen an der Theke. Wir ließen uns an einen großen Tisch, der als Stammtisch ausgezeichnet war, nieder und bestellten alle ein großes Bier, außer Paul, der sich langsam aber sicher dem allgemeinen Bierkonsum entzog und wahrscheinlich schon längst bedauerte diese Chaotentruppe bei sich aufgenommen zu haben. Als die Wirtin die Lage brachte, wurde Paul gleich als Auswärtiger identifiziert, während wir als waschechte St. Paulianer durchgingen. Und das alles wegen eines großen Bieres oder lallten wir etwa auch schon so wie der Rest der Kneipe? Wer sein Bier als letzter ausgetrunken hatte, sollte nicht nur die nächste Runde zahlen sondern auch sämtliche Soleier auf der Theke in sich reinstopfen. Paul war natürlich ausgenommen.

Es war mittlerweile fünf Uhr morgens und das Bier ging auch immer schwerer runter. Wir beschlossen auf die Soleier zu verzichten, einigten uns auf eine letzte Runde kleiner Biere und machten uns auf den Heimweg.

Akki war als erster an der Wohnungstür, wahrscheinlich um sich den besten Schlafplatz zu sichern. Nach einigen Fehlversuchen öffnete Paul die Tür und Akki jumpte gleich rein. Noch ehe wir uns versahen, stand er wieder draußen, kreidebleich und mit einem Gesichtsausdruck, der uns gleich dazu veranlasste einen gebührenden Sicherheitsabstand einzunehmen. Jetzt merkten wir es auch, ein übler Gestank drang aus der Wohnung. Was konnte das sein, hatte Paul eine alte Leiche im Besenschrank oder nur vergessen sein Katzenklo zu entsorgen? Einer von uns musste nachsehen! Rüdiger betrat mit zugehaltener Nase den Flur und wir anderen folgten ähnlich abgesichert. Schnell konnten wir die Geruchsquelle orten, es kam aus dem Wohnzimmer.

Heiner hatte sich dort abgelegt und dummerweise seine Stiefel ausgezogen. Hatte die Sau noch nie was von Körperhygiene gehört? Zu fünft machten wir es uns, so gut wie möglich, in der Besenkammer bequem und schliefen unter zahlreichen Flüchen ein.

Nach einer kurzen, ungemütlichen Nacht saßen wir alle am Frühstückstisch und zogen über unseren unheimlichen Stinker her, der sich, falls er noch nicht erstickt war, immer noch in seinem Mief suhlte. Plötzlich kam Heiner durch die Tür und steuerte geradewegs auf die Dusche zu. Wir waren alle ziemlich baff, unsere nächtlichen Hetztiraden mussten ihn doch tatsächlich von den Vorzügen sanitärer Anlagen überzeugt haben.

»Was liegt heute an?«, wollte Paul wissen.

Die Sonne schien und »Planten und Blomen« bot sich förmlich an. Etwas frische Luft dürfte nach dieser Nacht wohl kaum zu überbieten sein. Wir betraten den Park und steuerten direkt auf einen Kiosk zu, deckten uns mit Bier ein und setzten uns in die Sonne. Nach ein paar Bieren kreiste der erste Joint zwischen uns und als das Bier alle war, nahmen wir das Gewächshaus in Angriff. Die feuchtschwüle Luft und die tropischen Pflanzen mit ihren intensiven Düften gaben uns den Rest. Bloß raus hier und in eine gemütliche, rauchgeschwängerte Kneipe. Durch eine Glastür verließen wir den subtropischen Bereich und wurden von einem kreischenden Papageien empfangen, der bei unserem Anblick in Panik verfiel und unter lautem »RARARAAA-Geschrei« und wildem Flügelschlagen fast von seiner Stange fiel.

Wir kriegten uns kaum noch ein und mußten uns anschließend erstmal von unseren Bauchschmerzen verursachenden Lachkrämpfen erholen.

Als wir endlich in einer Rentnerkneipe saßen, liefen wir gleich wieder Gefahr noch mehr frische Luft tanken zu müssen. Rüdiger und Akki machten ständig merkwürdige Armbewegungen und brachten, außer »RARARAA« und lauthalsigem Gegeier, kein einziges Wort heraus. Dennis und ich sahen uns nur etwas irritiert an und Heiner, der sich bei unseren Eskapaden sichtlich zurückhielt, sagte schon lange nichts mehr. Paul hatte es nach der letzten Nacht eh vorgezogen zu Hause zu bleiben. Nachdem uns zahlreiche unfreundliche Blicke zugeworfen wurden und wir mehrfach aufgefordert wurden leiser zu sein, verließen wir die Kneipe und landeten wieder in unserem Hamburger Domizil.

Essen gehen oder selber kochen? Die Frage war nicht

einfach zu lösen. Unsere Kochkünste waren nicht gerade berauschend, die Aussicht mit Schöpfkelle und Hamelkeule aus einem Restaurant geprügelt zu werden, war auch nicht sonderlich verlockend. Unsere beiden Fremdsprachler schienen ihre Metamorphose nahezu vollendet zu haben und machten bereits erste Flugversuche. Paul hatte sich mittlerweile gut erholt und da sein Mitbewohner mit seiner Freundin wohl schon im Flieger saß, dürfte die kommende Nacht zumindest keine Schlafprobleme mit sich bringen. Schließlich landeten wir beim Chinesen und das Nasi Goreng mit jeder Menge Sambal Oelek ließ sogar Papageien verstummen. Jedenfalls warf uns dieses Essen um Stunden zurück, also schnell in die nächste Kneipe, unterwegs Einen durchziehen und dann den Alkoholpegel wieder auf SCHEISS-EGAL bringen. Unsere beiden Aras waren längst wieder auf ihrem Krächstrip und ich überlegte ernsthaft, mit was der schwarze Afghane eigentlich gestreckt war. Wann würde die Wirkung bei uns einsetzen oder hatten die beiden sich heimlich LSD reingepfiffen?

Wir zogen von einer Kneipe in die andere, stellten unsere beiden Spaßvögel an der Theke ab und verdrückten uns an irgendwelche Spielautomaten. Nach reichlich Bier, Flipper und Donkey Kong landeten wir schließlich in einer Kaschemme auf St. Pauli. Unser langhaariger Haufen war hier allein optisch schon auffällig genug, außer uns hingen nur einige abgetakelte Nutten mit ihren goldkettenbehängten Luden rum, während ein paar Hell Angels den Billardtisch traktierten. Die Nutten merkten schnell, das mit uns zugekifften Trunkenbolden kein Geld zu machen war, die Hell Angels ließen uns kaum aus den Augen, während die Goldfasane ihre Hühner betatschten und uns keines Blickes würdigten. Wir kippten unser Bier in uns rein, als Akki, beim Versuch sein Glas abzustellen, einen dieser solariumgebräuten Klunkereddies anremmelte. Der machte auch gleich den Lauten und die gesamte Theke nahm plötzlich Notiz von uns. Die Hell Angels unterbrachen ihr Spiel und hantierten auffällig aggressiv mit ihren Queues. Als Akki dann auch noch anfing die Papageienarie anzustimmen, begann ich damit meine Zähne zu zählen und bedauerte nicht gleich an der Tür Platz genommen zu haben. Selbst Rüdiger merkte wie brenzlig die Situation war und schob Akki etwas unsanft zur Seite. Womit keiner gerechnet hatte war die Wirtin, die scheinbar eine mütterliche Ader hatte, dem Luden ein Bier vor die Nase hielt und eine Lokalrunde ausrief. Bevor die netzbestrumpften Pudertanten, die mich stark an das ein oder andere Picassogemälde erinnerten, auf unsere Kosten auch noch ihre Piccolos bestellen konnten, zahlten wir schnell und machten uns aus dem Staub.

Ein Taxi war schnell gefunden, aber da tauchte gleich das nächste Problem auf. Der einzige, der die genaue Adresse kannte war Rüdiger, doch der zog es vor, statt unser Fahrziel anzugeben, laut loszukrächzen. Akki fiel gleich mit ein und die Taxifahrerin sah uns nur verdutzt an.

»Richtung Rothenbaum«, sagte ich, mehr wußte ich auch nicht, während die zwei Komiker auf der Rückbank lebhaft mit Händen und Füßen kommunizierten.

»RARA – RARARAA – RAAAA«.

Als sich die beiden immer weiter steigerten, blickte unsere Fahrerin ziemlich verunsichert drein.

»Die spinnen schon den ganzen Tag so rum«, versuchte ich sie zu beruhigen und erzählte von unserem Erlebnis in der letzten Kneipe.

»Da vorne halten – RARAAAA«, quäkte Rüdiger von hinten und nach hundert Metern erkannte auch ich die Straße wieder.

Während die anderen aus dem Taxi stolperten, gab ich der

sichbar erleichterten Taxifahrerin das Geld und wünschte noch einen schönen Abend. Dann stolperte ich hinter den anderen her.

Wir bezogen unser neues Zimmer, ließen Heiner aber vorsorglich im Wohnzimmer. Akki hatte bereits auf dem großen Doppelbett Platz genommen, sich einen Lampenschirm auf den Kopf gesetzt und mimte immer noch den Papageien. Rüdiger hüpfte auf dem Bett hoch und runter und glaubte zu fliegen. Wir anderen hatten langsam die Schnauze voll und verkrochen uns in unsere Schlafsäcke.

Am nächsten Morgen war der Spuk endlich vorbei. Da jedoch niemand daran gedacht hatte, einkaufen zu gehen, war der Kühlschrank leer. Cafe Kaputt hieß die Lösung, eine mit alten Werbetafeln, Musikinstrumenten und allerlei Krimskrams behängte Kneipe. Nach einem ausgedehnten Frühstück saßen wir wieder vor unserem Bier und lachten über den vergangenen Abend. Nur Akki war etwas heiser. Kurz darauf klinkte ich mich aus und traf mich mit Piet, einem Freund aus alten Tagen.

Wir beschlossen Christa zu besuchen, die seit einigen Jahren hier in Hamburg als Grafikerin arbeitete. Es war schön sie wiederzusehen und wirsaßen bei Tee und Kaffe zusammen, sprachen über gemeinsame Bekannte und sahen uns einige ihrer Arbeiten an. Beim Abschied, versprachen wir bald mal wieder reinzuschauen und ich machte mich auf den Weg zu den anderen. Als ich wieder auf den verrückten Haufen stieß, waren die gerade dabei, die Taschen und reichlich Bier im Auto zu verstauen. Das Wochenende war vorbei und wir hatten uns mit unserer Clique in einer Kneipe im Nachbarort verabredet.

Die Rückfahrt verlief ähnlich der Hinfahrt, nur das wir jetzt zu sechst waren. Paul kam mit, er wollte wahrscheinlich nur sicher gehen, daß wir auch wirklich Richtung Heimat düsten und ihn nicht wieder in der Nacht aus dem Bett schmissen.

Im Kulminator wurden wir schon von unseren Freunden erwartet. Das Bier floß in Strömen, die Stimmung erreichte ihren Höhepunkt, doch allmählich zollten wir unserem Wochenende Tribut. Die ersten Müdigkeitserscheinungen machten sich bemerkbar, Dennis und ich versuchten uns am Flipper wach zu halten, als er mich plötzlich anstieß.

»Schau mal wer da ist!«

Ich drehte mich um und da stand Jana mit ihrer Mutter. Wir hatten uns vor zwei Wochen getrennt, jetzt wollten die beiden mit mir reden. Ausgerechnet jetzt, ich war mir nicht mal sicher, ob meine momentanen Sprachfähigkeiten noch dazu ausreichen würden, noch ein Bier zu bestellen. Woher wußten die überhaupt wo ich war? Mein Blick schweifte irritiert durch die verrauchte Kneipe, alle Augen waren auf mich gerichtet, da winkte mir Martin zu. Daher also der Tip.

»Wie, wo, jetzt?«, stammelte ich.

Bloß keine endlosen Diskussionen, war nicht bereits alles gesagt worden, was wollte ihre Mutter eigentlich hier?

Himmel, mein Bier war alle!

»Es ist wichtig!«, sagte Jana und der Blick ihrer Mutter ließ keinen Zweifel zu.

Was war so wichtig, das es nicht in den nächsten Tagen geklärt werden konnte? Ich schwankte zu meiner Jacke, bezahlte meinen Deckel und saß gleich darauf im Auto. Jana nahm neben mir Platz und ich fragte mich, was dieses Wochenende noch zu bieten hatte. Das ständige hin und her war ich leid, das ging jetzt schon wochenlang so. Seit unserem gemeinsamen Urlaub war alles nur noch kompliziert. Ich wollte nur noch schlafen.

„Ich bin schwanger!" sagte Jana.
Ich war auf einen Schlag nüchtern.

Kurz und gut

»Es ging nicht anders", sagte er ernst und seine stahlblauen Augen blitzten auf.

Wozu noch lange darüber nachdenken, die Sache war gelaufen und nichts war jetzt noch rückgängig zu machen. Sie saßen unter dem kleinen Dachfenster und starrten sich an. Draußen hatte es angefangen zu schneien, die Flocken fielen sanft nieder, zerplatzten auf der Scheibe und liefen ruckartig die Schräge herab. Nie wieder würde einer von ihnen zurückkehren, sie würden neue Welten erkunden, den ganzen Scheiß hinter sich lassen und im Kosmos der Illegalität verschwinden.

»Hast du wirklich alles reingepackt?«

»Na klar, soviel war es nun auch wieder nicht«, entgegnete er trocken.

Die Kerze auf dem provisorischen Tisch flackerte auf und warf zuckende Schatten an die Wände, aus dem Recorder erklang Voodoo Chile von Jimi Hendrix.

»Das werden wir wohl nie hinkriegen!«

Der süßliche Rauch, den er lange inhalierte und dann genüsslich ausblies, vermischte sich mit dem Duft der Sandelholz-Räucherstäbchen. Das hat ein Nachspiel, wurde ihnen mitgeteilt, aber das war jetzt egal. Sie grinsten vor sich hin, nächste Woche würden sie in aller Munde sein, die Mädels waren jetzt schon außer sich und abgesehen von ein paar Strebern würde sie die ganze Schule für Helden halten.

»Wir haben alles gegeben und wer konnte schon ahnen, das

es so ablaufen würde.«

»Aber musstest du wirklich die Anlage umkippen und das Schlagzeug demolieren?«

»Woher sollten wir denn wissen, das sie uns allein auf Grund des Namens den Strom abstellten. Cannabis ist schon ein geiler Name, allein das Wort muss sie in den Wahnsinn getrieben haben; der Hausmeister hatte den blanken Horror in den Augen. Habt ihr nicht gesehen wie das Publikum getobt hat, ich habe den Auftritt gerettet – er war kurz und gut.«

Die Kneipe

Da saß ich mal wieder, es war kurz vor zwölf, die Kneipe war mäßig besucht und die Musik füllte die Leere in den Köpfen. Die verrauchte Atmosphäre, die mit allmöglichem Krimskrams überfüllten Wände und immer wieder diese ausdruckslosen, gelangweilten Gesichter – was habe ich anderes erwartet. Früher war ich täglich hier, kannte jedes Gesicht, doch das war lange her. Ich war hier zuhause und wußte doch, daß dies schon längst nicht mehr stimmte.

Verdammt nochmal, warum liebte ich diese Frau so sehr? Warum mußten unsere Abende immer wieder so enden? Probleme, Probleme und nochmals Probleme, es gab wohl keinen Tag wo diese Probleme nicht wie ein dunkler Schatten auf unserer Beziehung lagen und mittlerweile hatte ich das Gefühl, sie würde nur aus diesen Problemen bestehen. Dabei hatte unsere Beziehung nicht einmal etwas damit zu tun, oder etwa doch? Diese dunkle Wolke war schon vorher da und machte absolut keine Anstalten zu verschwinden oder sich gar aufzulösen. Ich konnte tun was ich wollte, am nächsten Tag standen wir genau wieder da, wo wir zuvor standen. Was machte ich falsch oder konnte ich hier überhaupt etwas richtig machen? Meine Gedanken drehten sich im Kreis, mir war schlecht und dieser undefinierbare Schmerz, der mich immer wieder befiel, ließ mir keine Ruhe.

Ich ging direkt auf die Theke zu, »Ein Bier!«, nahm die Leute um mich ´rum kaum wahr und zündete mir eine Zigarette an. Die Musik wurde lauter, ein paar Gläser klirrten.

Ich nahm einen tiefen Zug und fühlte wie der warme Rauch meine Lunge füllte – zuhause wartete ein schöner 16-jähriger Maltwhisky auf mich, aber dort würde mir nur die Decke auf den Kopf fallen.

Als ich mich zur Seite drehte, stand Doc da und grinste mich mit glasigen Augen an. Ich grinste zurück.

Das Grinsen wurde breiter.

»Hi Chef!«

»Hi Doc, lange nicht gesehen«, antwortete ich.

Es war also wieder so weit. Wir sahen uns seit Jahren nur ab und an, aber mir war sofort klar, daß mich das Raum-Zeitkontinium wiedermal voll in ein Schwarzes Loch verschlagen hatte. Nicht, dass ich etwas gegen Schwarze Löcher hatte, es war bloß schwer wieder raus zu kommen. Aber der Zeitpunkt paßte. In meiner augenblicklichen Situation konnte mir wohl nichts besseres passieren, als mich einfach reinzustürzen, verschlungen zu werden und in der Tiefe des galaktischen Nichts zu versinken.

Bei Doc konnte man sich nie sicher sein, ob er nun vollkommen durchgeknallt war oder ob er sich einfach auf einer anderen Ebene der rationalen Bewußtseinstheorie befand. Ich mochte Doc und dass mein Bier gleich auf seinem Deckel landete, hinderte mich auch nicht gerade daran, den eingeleiteten Sturzflug und der damit verbundenen Verschmelzung mit Allem und Nichts noch einen kräftigen Schub zu verleihen. Wo konnte ich mich auch anders hinflüchten, als in die Unendlichkeit des Nichts. Nothing to loose – nothing to remember!

Ich nahm einen kräftigen Schluck, ließ meine Festplatte neu formatieren und bewegte mich in Zeitschleifen von Blues, Bukowski und BSE über LSD, damals, heute, morgen bis hin zu den Illuminaten und schwarzer Wissenschaft.

Verdammt, es tat gut einmal reden zu können, ohne den Lektor im Kopf zu spüren. Einfach über Gott und die Welt zu reden ohne auch nur einen Gedanken daran zu verschwenden, ob das Ganze im Dadaismus enden würde oder ob uns der Stein der Weisen auf den Kopf geknallt war.

Wir philosophierten oder debattierten nicht, die Themen schossen durch den Kopf und wurden nur in Satzbruchstücken angerissen. Die kurzen Erwiderungen signalisierten geistige Aktivität und die spontanen Themenwechsel ergaben trozdem einen Sinn – jedenfalls für uns. Ein Bier ergab das andere und es wurde immer deutlicher, dass wohl kaum jemand anderes diesen Dialog verstehen konnte.

Waren die verrückt oder waren wir es? Die Kernverschmelzung lag unmittelbar bevor. Wir einigten uns darauf, dass wir es waren, versahen diese Verrücktheit mit einem kräftigen Ausrufezeichen und beendeten das Gespräch nicht ohne Stolz.

Es war spät geworden, die Stunden waren in dem Schwarzen Loch verschwunden, es war ratsam das Triebwerk zu starten und mit voller Kraft einen Ausgang zu suchen. In diesem Fall war es einfach die Kneipentür.

Ich kippte den letzten Schluck Bier in mich ´rein, schob die Kohle über den Tresen, ließ meinen Blick durch die mittlerweile leergewordene Kneipe schweifen, peilte den Ausgang an und ging, »Ciao, Doc!«.

Als die Tür hinter mir zufiel, wurde es ruhig. Zu ruhig für meinen Geschmack. Die Fußgängerzone war menschenleer, nicht mal ein Auto war zu hören. Sollte mich der vergangene Abend wieder einholen? In dieser Kleinstadt war es nicht schwer auf Schritt und Tritt an Dinge erinnert zu werden, die man im günstigsten Fall unter »Trash« abgespeichert hatte und die sich durch die Kombination verschiedener Zufälle stets dann reaktivierten, wenn man sie absolut nicht gebrauchen konnte. Ein neuer Systemstart war bei uns leider nicht vorgesehen.

Ich drehte mir eine Zigarette und setze meinen Weg fort, vorbei an den besagten Reaktivierungs-Codes. Der Versuch meinen Gedanken eine andere Richtung zu geben, scheiterte kläglich und die Rückkehr ins Schwarze Loch war mit der Gewissheit verbunden, das man wohl doch irgendwann ganz darin verschwinden würde.

Ich bog um die Ecke, Scheiße die Bullen! Langsam, im Schritttempo fuhr ein Streifenwagen an mir vorbei und ich spürte die Blicke in meinem Rücken. Schien ich noch nüchtern genug, sollte ich direkt zu meinem Wagen gehen, was wäre, wenn sie umdrehten? Fragen über Fragen aber für den Moment lenkte mich diese Begegnung ab. Wohler fühlte ich mich dabei jedoch auch nicht.

Ich beschloss noch einen kleinen Umweg zu machen und abzuwarten, was passieren würde. An der nächsten Kreuzung tauchte der Streifenwagen wieder auf und bewog mich dazu einen weiteren Schlenker zu machen. Verdammt, ich mußte nach Hause, die Nacht war bald vorbei und morgen mußte ich fit sein. Die nächste Querstraße brachte mich wieder in die richtige Richtung.

Am Wagen angelangt, blickte ich mich vorsichtig um, spitzte die Ohren – nichts verdächtiges.

Ich setzte mich, kippte den Sitz nach hinten und wartete noch etwas ab. Was soll´s, dachte ich, der Tag ist eh gelaufen und wenn alle Stricke reißen, steht ja noch der gute alte Malt-Whisky da. Ich zündete eine Zigarrette an, drehte den Zündschlüssel und bretterte auf dem kürzesten Weg nach Hause.

Gute Nacht

Kalt war es geworden. Das Licht der Laternen spiegelte sich auf der nassen Straße. Er fühlte, wie die Feuchtigkeit an seinen Beinen hochkroch und ihm langsam in die Glieder fuhr. Unwillkürlich blickte er hoch zu dem beleuchteten Appartement, obwohl er es nicht wollte, konnte er es doch nie vermeiden. Er sehnte sich nach Wärme und Geborgenheit, doch das Licht wirkte kalt und abweisend. Da war er wieder, dieser Schmerz, gegen den er ständig ankämpfte, dieses Gefühl der inneren Leere und fraß sich in die Eingeweide. Verdammt noch mal, warum gelang es ihm nicht einfach vorbei zu gehen und seine Gedanken in eine andere Richtung zu lenken. War die Wunde zu frisch oder war es die Tatsache, dass Schweigen das einzige war, was blieb?

Der Fernseher, vielleicht war das die einzige Rettung, vielleicht brachte ihn das auf andere Gedanken. Er nahm die Fernbedienung und switchte sich von einem Programm ins andere. Die Bilder ließen ihn unbeeindruckt, nichts was auch nur annähernd seine Aufmerksamkeit beanspruchte. Wieder eine dieser endlos langen Nächte, an Schlaf war nicht zu denken und nochmal raus? Wohin, es war spät und die Kneipen kotzen ihn allmählich an. Das Telefon schreckte ihn hoch, war sie es? Unwahrscheinlich! Er nahm ab.

»Hey Alter, was läuft ab? Hab´ schon x-mal versucht dich zu erreichen!«

Wie immer versuchte er sich nichts anmerken zu lassen. Einerseits war er froh über diese Ablenkung, andererseits war er einfach nicht in der Stimmung zu reden.

»Hab´ gerade ein paar Bier gekippt und hau´ mich gleich hin!«

Natürlich war das gelogen, aber es sollte reichen, das Gespräch kurz zu halten.

»Komme am Wochenende ´rüber, laß uns einen draufmachen!«

Er überlegte kurz, zumindest eine kurze Ablenkung.

»Warum nicht, ruf´ durch wenn du da bist!«

Das Gespräch war wie erwartet kurz und die Aussicht auf eine Nacht ohne quälende Gedanken war immerhin das Beste, was heute passiert war. Ein paar Takte auf der Gitarre, ein Buch und die halbe Nacht war um. Schließlich gewann die Müdigkeit die Oberhand und rettete ihn in den nächsten Morgen. Stress hielt ihn davon ab zuviel nachzudenken und tagsüber konnte er sich kaum darüber beklagen.

Der Freitag begann regnerisch, alles grau in grau. Aus dem Radio tönte »American Pie«, natürlich die neue Version von Madonna. Er mochte diesen Song, aber diese Interpretation hatte mit der ursprünglichen Version soviel gemein, wie Mundspülung mit Whisky. Trotzdem sang er mit, das nahm dem Song etwas von seinem lackierten Hochglanz-outfit.

»... the day the music died!«, Scheiße, dieser Tag schien immer näher zu kommen und dagegen mußte unbedingt etwas unternommen werden. Zwei Scheiben Toast, zwei Becher Kaffee, schnell die Zahncreme durch den Mund gejagt und schon war er unterwegs zur Arbeit. Wieso packte er es nicht, einmal pünktlich zu sein. Wie jeden morgen verfluchte er die Hausfrauen und Rentner, die immer gerade dann zum Einkaufen fahren mußten, wenn er schnellstmöglich ins Büro mußte. Und genauso wie sie ihren Einkaufswagen an jedem zweiten Produkt zum Stillstand brachten, um sich von dessen universellen, das eintönige Leben radikal verändernden Eigenschaften überzeugen zu lassen, genauso bugsierten sie auch ihre Fahrzeuge durch die Lebensadern der Stadt, was in schöner Regelmäßigkeit zu Verkehrsinfarkten und Bluthochdruck bei den anderen Verkehrsteilnehmern führte. An seinem Schreibtisch klingelte bestimmt schon das Telefon und er saß hier, eingekeilt zwischen Opies mit Hut, die nur darauf bedacht waren die nächste Ampel noch vor Sonnenuntergang zu erreichen und Hausfrauen, die sich nur damit beschäftigten, ob Veronas Rahmspinat gut zu Onkel Bens Patna Reis mit Currysoße passen würde.

Wie immer erreichte er die Firma – zu spät aber immerhin – und wie immer stand dieser idiotische Dienstwagen vom Gaswerk so bescheuert, das er die Kurve zu seinem Parkplatz nicht in vollem Schwung sondern durch nerviges Rangieren meistern musste. Der Tag verlief wie erwartet und jedwede Organisation wurde durch kurzfristige neue Informationen im Keim erstickt.

Endlich wurde es ruhiger, die Kunden schienen Feierabend zu haben. Jetzt konnte endlich planvoll gearbeitet werden. Er überlegte, was als erstes zu erledigen wäre und entschloß sich dann, alles auf den nächsten Tag zu verschieben.

Sein Magen routierte, Kaffee und Zigaretten waren nicht unbedingt die idealen Brennstoffe für den Körper, aber jetzt den Herd anschmeißen und in der Küche ´rumhängen? Er nahm sich ein Bier und ließ die Stones aus den Lautsprechern dröhnen. Der Ärger war vorprogrammiert, doch wer wollte die Stones schon leise hören.

Kurz ´ne Pizza einwerfen. Er hatte zwar keinen Appetit aber die merkwürdigen Geräusche aus der Magengegend ließen sich wohl nur so abstellen.

Auf dem Weg zum Wagen vibrierte das Handy.

»Alter, wo steckst Du?«

Okay, also ab ins Nachtleben, unterwegs ´nen Hamburger und dann in die Disco. Er stand nicht gerade auf Discos, aber alles war besser, als sich zu Hause das Hirn zu zermartern. Noch ein paar Bier in der Kneipe und der unausweichliche Gang in die Disco nahm seinen Lauf. Techno powerte aus den Boxen und die Lightshow kämpfte vergeblich gegen die öde Stimmung an. Überall gelangweilte Gesichter, die alle darauf warteten das die Post abging. Scheißegal was hier abging oder nicht, er steuerte die Theke an und bestellte Bier. Zum Reden war es viel zu laut, also standen sie nur da und glotzten genauso bescheuert wie die anderen in die Gegend. Nach Mitternacht wurde es voller, auf der Tanz-fläche zogen ein paar ganz coole ihre Show ab und ein paar Teenies kamen kichernd vom Klo. Was für ein Abend!

Sein Blick fiel auf eine mittelblonde Schönheit, circa 1,70 groß, schlank und einem leicht südländischen Teint. Wo hatte er sie schon mal gesehen, das Gesicht kam ihm irgendwie bekannt vor. Sie schien mit einer Clique da zu sein, machte allerdings nicht den Eindruck sich wahnsinnig zu amüsieren. Als ihre Blicke sich trafen lächelte sie kurz. Galt es ihm oder hatte er sich das nur eingebildet.

Er beschloß nicht weiter darüber nachzudenken und ließ sich einen Chivas geben. Die Musik wurde lauter und das Stroboskop-licht schien das Eis in seinem Glas explodieren zu lassen. Als der Platz neben ihm frei wurde, saß sie plötzlich da und kramte in ihrer Tasche, zog eine Packung Marlboro hervor und bestellte ein Wasser. Er gab ihr Feuer und diesmal schien das Lächeln tatsächlich ihm zu gelten. Jetzt erwiderte er das Lächeln.

»Öfter hier?«

Oh Gott, was für ein blöder Versuch eine Konversation zu beginnen.

»Eigentlich nicht«, antwortete sie, »und du?«

Ein banaler Satz ergab den nächsten, sie schien nett zu sein, doch ständig schoß ihm jemand anderes durch den Kopf. Warum zum Teufel konnte er sie nicht vergessen, einfach abschalten und die Gelegenheit nutzen. Seine Gedanken schlugen Pirouetten und sie schien das zu spüren. Es war einfach der falsche Zeitpunkt, er brauchte noch etwas Abstand.

Die Ungewissheit quälte ihn, für ihn gab es nur eine Frau und die hatte ihm nur etwas vorgespielt. War das alles nur Lüge, konnte sie wirklich so herzlos sein, was war geschehen? Sie ging ihm nicht aus dem Kopf, was hatte sie ihm alles erzählt und jetzt? Nicht einmal »Es ist vorbei!« Es gab nur Funkstille und nach allem was passiert war, schien er die Welt nicht mehr zu verstehen.

Er mußte hier raus, ihm war schlecht, der Magen drehte sich um. Bloß weg! Idiot, Idiot hämmerte es in seinem Kopf. Sie hatten sich heiß und innig geküßt, was wie eine Versöhnung schien war das Ende. Ein Todeskuß, so süß und um so schmerzhafter.

»Gute Nacht!«, hatte sie gesagt und er wußte es würde keine gute Nacht werden.

Immer weiter

Warum in aller Welt konnte er nicht einmal seine blöde Klappe halten? Natürlich mußte es gesagt werden, aber gerade jetzt? Der Zeitpunkt war saublöd gewählt und sein Gegenüber saß mit versteinertem Gesicht da und seine Augen ließen nichts Gutes ahnen. Schon wieder in die Scheiße getappt und das würde Ärger geben. Kritik kann nunmal nicht jeder ertragen, versuchte er sich zu rechtfertigen und im Recht war er sowieso, aber was nützte das. Während er darüber nachdachte wie die Situation zu entschärfen sei, ging der Trouble schon los.

»Das ist nicht ihr Ernst, Meier«, dröhnte es im entgegen, »ich versuche alles, um ihren Kopf aus der Schlinge zu ziehen und Sie werfen mir mangelnde Loyalität vor?«
Wie kann man so inbrünstig lügen, dachte er, doch bevor er auch nur ein Wort rausbringen konnte, ging die Kanonade weiter.

»Wir versuchen hier gemeinsam einen Weg aus dieser verfahrenen Situation zu finden, die nicht zuletzt durch Ihre Schuld entstanden ist und Sie besitzen die Frechheit mir zu sagen, wie ich meinen Job zu erledigen habe?«
Die Uhr tickte und Meier wußte genau, daß alles, was jetzt kam, nur eine Flucht nach vorne war. Das Dumme daran war nur, das er in der in der ungünstigeren Position war. Sollte er jetzt klein beigeben? Verdammt nochmal, nein! Sollte sein Chef sich den Job doch in den Arsch schieben, er hatte sein Bestes gegeben und wenn der Big Boss nicht alles auf das

Team geschoben hätte, wäre dieses Gespräch völlig überflüssig gewesen.

Morgen dürfte er wohl die Kündigung auf seinem Schreibtisch vorfinden, er verließ das Büro, ließ sich in die Lederpolster seines Cabrios fallen und suchte nach seinen Zigaretten.

»Scheiße, der Urlaub dürfte wohl gestrichen sein.«

Er nahm das Handy und rief Karen an.

»Hi Darling, gehen wir nachher essen?«

»Tut mir leid, Schatz, muß heute unbedingt noch ein paar Texte überarbeiten, lass´ uns morgen essen gehen!«

Er wollte ihr gerade sagen, was für einen Scheißtag er hatte und ..., doch er antwortete nur: »Ok, bis morgen!«

Irgendwie hatte sie das unglaubliche Talent immer dann keine Zeit zu haben, wenn er sie mal brauchte. Woher sollte sie das auch wissen, bei der wenigen Zeit, die sie gemeinsam verbrachten, war der Anteil am Leben des anderen nicht besonders intensiv. Er startete das Cabrio und steuerte sein geräumiges Zwei-Zimmer-Appartment an.

Als er am »Harper´s« vorbeifuhr, hielt er an. Es war Feierabendzeit und die Bar war gerappelt voll. Reichlich Bekannte da und eine gute Gelegenheit sich nach einem neuen Job umzuhören. Er betrat die Bar und wollte gerade an die große Mahagonitheke treten, als er eine Hand auf seiner Schulter spürte.

»Mensch Tom, wo warst du letzten Freitag?«

Er drehte sich um und stand vor Heiner, dem Newcomer der Konkurrenz.

»Hi Hai«, er nannte ihn scherzhaft so, weil Heiner auf alles anbiß, was man ihm vorwarf, er mochte ihn, jung, dynamisch und der festen Überzeugung ein ganz Großer der Branche zu werden. So hatten sie alle mal angefangen, doch die meisten waren nach kurzer Zeit in der Versenkung verschwunden, der Rest bekämpfte seinen Frust mit Bier und Whisky und lief um diese Zeit zur Höchstform auf, prahlte mit Kampagnen, die natürlich allein ihrer genialen Kreativität entsprungen waren und in Banalitäten wie »Mit uns fliegen Sie am Besten!« gipfelte. Und das alles nur, um so ´ne blöde Tussi zu beeindrucken, ´ne geile Nummer zu schieben und am nächsten Tag wieder gefrustet in die Agentur zu gehen, sich über Brühwürfel und dreilagige Binden den Kopf zu zerbrechen, in der Hoffnung am nächsten Abend wieder so ⊠ne möchtegern Claudia Schiffer zu treffen, die einen für den Größten hält.

»Habe gehört, ihr habt wieder was für Cannes produziert«, sagte Heiner.

Die Trommeln funktionierten also noch. Die Ironie war nicht zu überhören. Tom grinste.

»Der Allmächtige hat wieder zugeschlagen und der ADC bekommt bestimmt bald einen neuen Präsidenten.«

»Hey, das ist mein Job«, konterte Heiner, »komm rüber und setzt dich zu uns.«

»Vielleicht später!«

Der Barkeeper warf gerade ein paar Eiswürfel in die Luft und fing sie mit einem Glas zielsicher auf. Erstmal einen guten alten Malt, dachte er und zwängte sich an die Theke.

»Hi, wie geht´s, lang nicht gesehen, schon gehört ...«

Das war nicht sein Abend, er brauchte Ruhe, musste nachdenken und diese Profilneurotiker gingen ihm schon lange auf den Geist. Allein zu Hause zu sitzen, war auch nicht der Hit. Er kippte seinen Whisky runter, bestellte noch einen und dachte über eine Alternative nach.

So sehr er sich auch anstrengte, wie immer in solchen Momenten fiel ihm nichts ein. Die Kneipen und Bistros kannte er schon in und auswendig. Freunde, Bekannte –

nein, heute war er sicherlich kein guter Gesprächspartner. Die Tür ging auf und Manni kam ´rein. Auch das noch, wenn ihm nicht schnell was einfiel, konnte er sich den ganzen Abend Beziehungsprobleme anhören. Er zahlte, ging zur Tür, »Hi Manni, Termine, Termine!« und schon saß er in seinem Auto. Einfach drauflos fahren und nachdenken.

Er könnte erstmal eine Auszeit nehmen, auf arbeitslos machen und endlich sein Buch schreiben, seinen alten Kumpel Paul besuchen oder sich einfach volllaufen lassen und den nächsten Tag abwarten. Finanziell würde es auch problematisch, naja zwei bis drei Monate würde er wohl überbrücken können. Rechts auf die Steinberger Allee, dann wieder links, am Metropol vorbei – wo fuhr er überhaupt hin? Egal, nur weiter. Er dachte an Karen, an den letzten Urlaub, es war schön, zwei Wochen Zeit füreinander, keine Hektik, morgens Kultur, nachmittags am Strand und die Nächte – sternenklare Nächte, Wein und tolle Gespräche. Sie liebten sich wie am Anfang, kein »Es wird später, Liebling!« oder »Muss zum Kunden, Schatz!« Zwei Tage sind sie nicht aus dem Bett gekommen und die Rezeption fragte schon an, ob das Zimmermädchen mal wieder reinschauen dürfte. Ein schönes Essen, sie hätte ihn mit ihrer erfrischenden Art bestimmt wieder aufgebaut, aber der Alltagsstreß hatte mal wieder keine Zeit für einander eingeplant. Scheiß Jobs, man reißt sich den Arsch auf, das wahre Leben läuft an einem vorbei und wenn man´s endlich merkt, ist es zu spät. Kohle, Autos, den neuesten Anzug von Armani und was bringt das alles wirklich?

»Hi Depression, Du hast mir gerade noch gefehlt«, dachte er und langsam verspürte er Hunger, orientierte sich kurz und fuhr gradewegs zum Italiener.

»Mensch, Tom, du warst so schnell weg!«

Barbara lächelte ihn an und zog ihn zum Stammtisch

rüber. Pete kaute an seiner Pizza, Martina prostete ihm zu und Astrid, die Praktikantin saß wie immer etwas verlegen auf ihrem Stuhl und schob die Serviette hin und her. Das halbe Team war versammelt. Tom setzte sich und bestellte ein Bier und Lasagne.

»Der Chef war ganz schön sauer«, sagte Barbara.

»Ich weiß«, entgegnete Tom und wollte das Gespräch auf ein anderes Thema bringen.

»Du sollst morgen früh unbedingt bei unserem Kunden anrufen, er hat unseren Vorschlag akzeptiert und will mit Dir unbedingt die nächsten Schritte durchsprechen!«, strahlte Barbara.

Tom blickte erstaunt auf, hatte der Chef dem Kunden nicht angeboten das ganze Team abzuziehen und neue Leute an das Projekt zu setzen? Pete lachte.

»Wir sind eben doch die Besten!«

»OK, dann also auf morgen, weiter geht´s!«

Sidi Abed

Es ist heiß – sehr heiß, die Sonne brennt unbarmherzig auf die ausgedörrte Erde. Die vereinzelten Regentropfen, die sich gegen Abend bis zum Boden kämpfen, vermögen kaum den glühenden Eindruck des Tages zu mildern. Bereits der erste Tag hier, in Sidi Abed, wurde durch einen bemerkenswerten Sonnenbrand gekrönt. Noch immer spüre ich jeden Sonnenstrahl durch das Jeanshemd brennen, doch die Nächte sind erholsam.

Dieses Dorf hat nicht viel zu bieten, ein Markplatz, wo kaum mehr als zehn Stände Platz finden würden, eine handvoll Läden drumrum, ein kleines Cafe und die Moschee auf der gegenüberliegenden Straßenseite. Ein kleiner Badeort für die Einheimischen, Ausländer sind hier so gut wie gar nicht anzutreffen. Direkt hinter dem Dorf erhebt sich ein große Sanddüne, ein feiner weißer Sandstrand und Atlantik noch und noch.

Wir haben oben auf der Düne ein Zelt gemietet. Freier Blick auf´s Meer, sengende Hitze am Tag, phantastische Sonnenuntergänge am Abend und ein leichter, kühler Wind in der Nacht. Der Wind ist angenehm auf der Haut, ich liebe diese Nächte. Das gleichmäßige anstürmen der Wellen wirkt beruhigend, stellt den wahren Maßstab der Dinge wieder her und relativiert die Bedeutsamkeit der eigenen Person. Ich lausche dem Meer und lasse meinen Gedanken freien Lauf.

Es ist Nachmittag und ich sitze in dem kleinen Cafe an der Hauptstraße, der einzigen geteerten Straße hier. Der Muezzin ruft von der gegenüberliegenden Moschee zum Gebet.

»Allahu akbar«, tönt es über das Dorf und einige Gäste machen sich auf zum Gebet. Ich drehe mir eine Zigarette und bestelle einen Café noir. Noch immer macht mir der Sonnenbrand zu schaffen und es ist wohltuend im Schatten zu sitzen und dem Treiben auf dem Marktplatz zuzusehen. Der Café noir und die filterlose Zigarette passen hervorragend zusammen. Der trockene, angenehme Rauch bildet gemeinsam mit dem süßen, herben Café eine ideale Einheit und ich kann mir kaum vorstellen, dass irgend etwas besser zusammen passt.

Ein alter Mann trottet mit seinem Esel gemächlich die Straße entlang. Bepackt mit Taschen und einem Sack ist er wohl auf dem Weg nach Hause. Aus dem Inneren des Cafés dringt der Ton eines Fernsehers und hin und wieder fährt ein Auto vorbei.

Die Menschen hier haben Zeit, sie sind arm, ihre zerrissenen Dschellabas und die verschwitzten Kleider stehen der kargen Umgebung in nichts nach. Überall liegen alte Plastikflaschen, Joghurtbecher und Papierfetzen herum. Hier zeugt alles vom nichtvorhandenen Wohlstand. Ein Esel, ein Moped, etwas Geld für das tägliche Essen – es ist wenig was man hier sein Eigentum nennt, aber die Menschen scheinen zufrieden. Der Reichtum hier besteht aus Zeit, ob bewußt oder unbewußt, Zeit zum Reden, zum Handeln oder um sich einfach hinzusetzen und zu sehen was passiert. – Es passiert und das ist auch gut so. Es ist die Ruhe dieses Tages und morgen folgt ein neuer, vielleicht mit der gleichen Monotonie, vielleicht auch nicht.

»Incha Allah!« Was ist schon wichtig und vor allem, was sollte sich schon ändern.

Klar, Elektrizität, fließend Wasser, Autos, der Kühlschrank – der technische Fortschritt hat Einzug gehalten. Es ist vieles bequemer geworden, annehmlicher, man nimmt es hin, aber das Leben ist immer noch das Gleiche. So wichtig oder gar entscheidend sind die Veränderungen nicht. In den Köpfen herrscht die gleiche Ruhe, für Europäer ist es Lethargie, das Leben nimmt seinen Lauf und es ist alles gottgegeben.

Keine zwanzig Schritt entfernt wartet ein Esel auf seinen Besitzer. Die typischen Packtaschen aus Sisal auf dem Rücken steht er in der prallen Sonne und spürt hier und da einen vertrockneten Halm Gras auf, den er gemächlich verzerrt, während ein Junge mit seinem aufgeblasenen Lkw-Schlauch auf seinem Maultier nach Hause trabt. Er kommt vom Algentauchen und hat wohl beschlossen, den Rest des Tages anderweitig zu verbringen. Morgen ist auch noch ein Tag um nach Algen zu tauchen und wenn Gott es will, wird er morgen länger bleiben.

Seit vierzehn Jahren komme ich regelmäßig nach Marokko und immer wieder fasziniert mich dieses einfache, fremde Leben. Ein Land ohne Streß und Herzinfarkt. Oft habe ich mir vorgestellt, hier zu leben und den Tag, Tag sein zu lassen, aber wäre das wirklich auf Dauer möglich? Man kann hier vieles verstehen lernen, aber wirklich begreifen, dazu sind wir Europäer wohl doch zu rational eingestellt. Um denken zu können wie ein Marokkaner, muß man Marokkaner sein. Hier haben die Menschen viel Zeit, doch sie wissen es nicht, weil Zeit hier nicht existiert.

Im Cafe zu sitzen und den Tee zu schlürfen oder sich vor einem Laden mit Freunden zu treffen, bedeutet nicht Freizeit oder Erholung, es ist das Leben und nichts wird es ändern. Und wenn doch, wen kümmert das schon.

Spanish Eyes

Drei Stunden bis zum nächsten Zug, genügend Zeit ein Anschlußticket zu besorgen und einen kurzen Blick in die Stadt zu werfen. Ich ging in die große Bahnhofshalle und stellte mich am Schalter an. Mir schien, als sei halb Spanien und ein nicht unerheblicher Teil des übrigen Europas unterwegs und natürlich versammelte sich alles ausgerechnet an meinem Schalter. Es ging schleppend voran. Zeternde Kinder, laut gestikulierende Großfamilien, der Geruch von Schweiß und Sonnencremes, machte die Hitze noch unerträglicher. Endlich war es soweit, ich war an der Reihe, gab mein Reiseziel an und wühlte meine Peseten aus der Tasche.

»No Reservation, no Tickets«, schallte es mir durch den Schalterschlitz entgegen. Das hatte mir noch gefehlt, ich fragte den genervten Schalterbeamten auf englisch und französisch nach dem nächsten Zug, doch der wollte oder konnte nur auf spanisch kommunizieren. Jedenfalls wirbelte er wild mit seinen Armen und gab mir in einem unfreundlichen Ton zu verstehen, ich sollte Platz machen.

»Fuck you!«, entgegnete ich ihm und wandte mich ab.

Er schrie noch etwas hinter mir her und ich war mir sicher, dass er wenigstens das verstanden hatte.

Der Anzeigentafel war zu entnehmen, dass der nächste Zug erst morgens wieder Richtung Algeciras fuhr und ich beschloß die Nacht in Malaga zu verbringen. Vor dem Bahnhof erkundigte ich mich nach einem Hotel und machte mich auf den Weg. Wie überall wirkten die Hotels in Bahnhofsnähe nicht gerade sehr einladend, aber ich brauchte ja nur ein Bett für die Nacht und wollte endlich mein Gepäck loswerden.

Das Zimmer war klein, aber schien relativ sauber zu sein und ein Waschbecken war auch vorhanden. Ich legte mich auf das Bett, schloß die Augen und ließ die Geräusche meiner neuen Umgebung auf mich wirken. Der Straßenlärm, die knatschenden Bohlen des Flures, ein paar Wortfetzen und das Transistorradio meines Zimmernachbarn. Mein Magen knurrte und ich beschloß wenigstens dieser Lärmbelästigung ein Ende zu machen. Mit einem Satz war ich auf den Beinen, nicht weil ich so energiegeladen war, sondern eher weil ich glaubte meinem Körper dadurch etwas Leben einzuhauchen und einem deprimierenden Spätnachmittag entgegenzuwirken. Auf der Straße schlug mir gleich die schwüle Hitze entgegen. Der Geruch der Abgase vermittelte auch nicht gerade das Gefühl von unbeschwerter Urlaubsstimmung. Das waren die Momente in denen mir die Freiheit und das alleine Reisen ziemlich auf die Stimmung schlug. Vielleicht wäre es doch besser gewesen, so einen Scheiß Cluburlaub zu buchen und den ganzen Tag »We have fun in the sun« zu singen. Jetzt war es jedenfalls zu spät, ich bog in die nächste Straße und betrat ein kleines Bistro. Ein kaltes Bier wäre sicher nicht verkehrt, schon saß ich da und ließ das kühle Nass durch meine Kehle rinnen. Am Nebentisch saß eine aufgedonnerte Blondine, die irgendwelche Akten studierte und einen Tisch weiter drei junge Spanier, die einen auf cool mimten und ständig die Blondine anvisierten. Mein Magen meldete sich wieder. Ich machte mich wieder auf die Suche nach einem reichhaltigen Snack. Paella, am Meer mit Sonnenuntergang, würde jetzt gut kommen. Ich und begab mich Richtung Strand.

»PIZZERIA« sah ich plötzlich auf der gegenüberliegenden

Straßenseite in großen Buchstaben auf einer weißgetünchten Wand. »Besser als nichts«, sagte mein Magen.

Ich überquerte die Straße und setzte mich an den nächstbesten Tisch. Alles war sehr schlicht gehalten, die Tischdecken hatten auch schon bessere Tage erlebt, doch der Duft frischgebackener Pizzen hielt mich in freudiger Erwartung. Ich bestellte ein Bier und eine Pizza El Jamón. Das Bier kam schnell und die Pizza ließ auch nicht lange auf sich warten. Kein Wunder, außer mir war nur ein älterer Mann und eine fünfköpfige Familie anwesend. Ich starrte auf die Pizza und entdeckte doch tatsächlich ein paar schmale Streifen Schinken zwischen dem verlaufenen Käse. Kein Meer, kein Sonnenuntergang und auch keine Paella, aber wenigstens die Leere im Magen war ich los.

Ich zahlte und machte mich wieder auf Richtung Hotel. Langsam ging die Sonne unter, wie in den meisten südlichen Ländern waren die Straßen auch üm diese Zeit sehr belebt. Viele kleine Läden waren noch geöffnet. Es war sicher nicht verkehrt noch schnell eine Flasche Wasser und ein paar Kleinigkeiten für die Nacht einzukaufen, allein auf die Pizza wollte ich mich doch nicht verlassen. Gerade als ich den Laden betreten wollte stürzte eine junge Spanierin heraus. Ich ging schnell einen Schritt beiseite und erhaschte ein freundliches Lächeln. Lange, leichtgelockte, dunkelbraune Haare, leuchtende dunkebraune Augen und strahlend weiße Zähne, die einen schönen Kontrast zur braungebrannten Haut ergaben, ich war wie gebannt, wollte das Lächeln erwidern, doch da war sie schon vorbei. Ich blickte ihr nach, das dunkelrote, geblümte Minikleid betonte ihre Figur und brachte die langen, schlanken Beine sehr gut zur Geltung.

»Was für eine Frau«, dachte ich, sie hatte alles, was man sich unter einer südländischen Schönheit vorstellen konnte – aber leider nicht für mich.

Ich betrat den Laden, kaufte etwas Weißbrot, Käse und eine Flasche Mineralwasser und fand mich wenige Augenblicke später in meinem tristen Hotelzimmer wieder. Noch immer dröhnte das Radio nebenan. Die Sonne mußte inzwischen hinter dem Häusermeer verschwunden sein, nur noch ein fahler Lichtschein erhellte den Himmel. Ich hatte alles was ich brauchte, aber nach der Begegnung mit der schönen Spanierin hatte ich absolut keine Lust den Abend allein zu verbringen. Ich mußte raus, unter Leute und ein paar Bier würden mir schon die nötige Bettschwere verleihen. Ich raffte mich auf, schlenderte die Straße entlang, kam am Bahnhof vorbei und hoffte, daß der nächste Morgen meine miese Stimmung vertreiben würde. Es war dunkel geworden, das goldgelbe Licht einer große Kneipe zog mich an. Touristen gab es in dieser Gegend um diese Uhrzeit kaum noch. Ich betrat die Bar und fand mich in mitten von palabernden Spaniern wieder. Der vergangene Arbeitstag, das kommende Fußballspiel oder der Streß mit der Familie, keine Ahnung worum es ging, aber auf alle Fälle übertönten die Gespräche die Flamenco-Musik, die aus zwei kleinen Lautsprechern hinter der Theke tönte.

»Una Cerveza, por favor!«

Ich stand an der Theke, schlürfte mein Bier und ließ die Atmosphäre auf mich wirken. Das mahagoniefarbene, antike Interieur, die nikotingelben Wände und das warme Licht der Leuchter vermittelten Gemütlichkeit und der hohe Geräuschpegel füllte den Raum mit Leben. Ab und an sprach mich einer der Umstehenden an. Ich hatte keine Lust auf umständliche Kommunikationsversuche. Als offensichtlich wurde, dass sich meine Spanischkenntnisse lediglich zum Bierbestellen eigneten, schien auch das Interesse meiner Gesprächspartner nachzulassen. Ich trank noch ein Bier und zog dann weiter. Aus einer Seitenstraße drang Rockmusik an mein Ohr. Nicht gerade spanisch, aber sehr vertraut. Grünes Neonlicht, ein paar langhaarige, zugekiffte Freaks vor der Tür und der Sound von »Stairs to Heaven«. Ich zwängte mich durch die Tür und bahnte mir den Weg an die Theke. Nicht ohne Mühe und mit lauter Stimme gelangte schließlich ein Bier in meine Hände. Die Zitronenscheibe irritierte mich zwar etwas, aber egal, ich nahm einen tiefen Schluck und zündete mir eine Zigarette an.

»Cigarillo?«, hörte ich neben mir.

Ich drehte mich zur Seite und sah in das breite Grinsen eines Autoverkäufers oder Bankangestellten. Der muß sich wohl verlaufen haben, dachte ich, hielt ihm meine Schachtel Marlboro hin und befürchtete das Schlimmste. Er fingerte sich eine Zigarette aus der Schachtel und fing auch gleich an mir im gebrochenen Englisch auf die Nerven zu gehen. Ich war allein und er schien auch nicht viele Bekannte hier zu haben. Bloß weg hier, ich fragte nach der Toilette, verdrückte mich weiter nach hinten, lehnte mich an einen Pfeiler und ließ meinen Blick durch den Raum gleiten. Plötzlich hielt ich inne, dieses rote Kleid kannte ich doch. Im selben Augenblick streiften sich unsere Blicke. Da saß sie im Kreis einiger Freunde und ich fragte mich, wo ich morgen sein würde und ob ich mich in einer Woche noch an diese schöne Gesicht erinnern würde. Ich ging zur Theke und machte mich auf einen weiteren Kampf um ein Bier gefaßt. Diesmal ging es schneller als erwartet und als ich mich umdrehte, blickte ich wieder in ihr Gesicht. Ein paar angetrunkene Spanierinnen quatschten mich an und fanden mein »Do you speak english?« sehr spaßig und unterhaltsam. Jedenfalls kicherten sie die ganze Zeit und redeten auf mich ein. Meine Augen schwenkten immer wieder Richtung rotes Kleid, schließlich ließen die Mädels von mir ab. Da stand ich wieder allein, doch mit einer gewissen Genugtuung registrierte ich, das der Augenkontakt mit der schönen Spanierin zunahm. Ich wollte nicht aufdringlich wirken, doch ihr Lächeln machte deutlich, daß sie sich nicht belästigt fühlte.

»Was soll´s«, dachte ich, »morgen sitzt du im Zug und siehst sie nie wieder.« Ich drehte mich um, stellte mein leeres Glas auf die Theke und ging zur Toilette.

Langsam wollte ich ins Hotel, ich drängelte mich an der Theke vorbei, als mir jemand auf die Schulter tippte und ich eine weibliche Stimme etwas fragen hörte. Ich sah mich um und sah eine blondgesträhnte Frau, die ich zuvor an dem Tisch meines spanischen Traumes registriert hatte. Sie sprach ein wenig englisch und fragte, ob ich zum erstenmal in Malaga sei? Wir wechselten ein paar Worte und sie fragte, ob ich nicht mit an ihren Tisch wollte. Natürlich wollte ich und schon saß ich dort. Der Tisch war leerer geworden, ich wurde Enrico und Maria vorgestellt. Maria, so hieß sie also, ich lächelte sie an und beobachtet jede Geste und Mimik von ihr. Verdammt, warum hatte ich bloß soviel Bier getrunken? Ich riß mich zusammen und versuchte einen positven Eindruck zu hinterlassen.

Estelle, Marias Freundin schien nicht überrascht, dass wir uns bereits begegnet waren und es dauerte nicht lange, bis fast nur noch Maria und ich miteinander sprachen. Enrico schien das nicht sonderlich zu stören und Estelle machte auch nicht den Eindruck, die Situation ändern zu wollen. Die Kellnerin kam und stellte vier Bacardi-Cola auf den Tisch. Als ich mein Portemonaie zücken wollte, winkte Enrico ab.

»Welcome in Malaga!«

Ich bedankte mich und hoffte, dass der Wirt sparsam mit dem Bacardi war. Einfach locker und entspannt bleiben und vor allem schön langsam trinken, dachte ich bei mir. Doch das war gar nicht so einfach. Ich versuchte, die beiden mehr in das Gespräch einzubeziehen.

Schon bald wußte ich, das Enrico ein Arbeitskollege von Estelle war, Maria aus Granada kam und ihre Tante besuchte, Estelle die beiden von einer Bar in die andere schleppte, den ganzen Abend über ihre Arbeit in der Bank sprach und das Maria Architektur studierte. Ich erzählte, dass ich unterwegs nach Marokko sei und seit zwei Tagen kaum geschlafen hätte. Das stimmte zwar nicht ganz, aber ich glaubte, dadurch meinen Zustand in einem anderen Licht erscheinen zu lassen. Scheinbar machte ich auf die drei aber noch einen ganz passablen Eindruck.

»Wenn du morgen schon weiter fährst, dann solltest du heute noch etwas von Malaga sehen«, sagte Estelle.

»Wir wollen gleich noch in die Disco, komm doch mit!«

Maria sah mich mit fragenden Augen an. Warum nicht, dachte ich, morgen bin ich fort und mehr als blamieren kann ich mich auch nicht. Jedenfalls waren diese Augen Grund genug.

Kurz darauf zogen wir los und stoppten an der nächsten Hauptstraße ein Taxi. Nach kurzer Fahrt betraten wir einen ganz in weiß gehaltenen Saal, das blaugrüne Licht, das sich in der gläsernen Bar brach, bildete einen guten Kontrast und ließ die Leute noch cooler wirken. Ein Bacardi-Cola jagte den anderen, wir zahlten abwechselnd, natürlich nur Enrico und ich, trafen irgendwelche Bekannte und lachten viel.

»Lass´ uns tanzen«, sagte Maria.

Ich wollte gerade ablehnen, da nahm sie schon meine Hand und zog mich in den hinteren Teil des Saales auf die Tanz-fläche. Hier war es nicht ganz so hell, aus vier großen Boxen dröhnte Popmusik und nach ein paar Sekunden war das anfänglich mulmige Gefühl verschwunden. Vielleicht war ich noch fitter als ich dachte, solange wir tanzten, blieb mir wenigstens der Bacardi aus dem Kopf. Ich blickte in das lächelnd Gesicht von Maria, sie bewegte sich geschmeidig und ihre Arme und Hände erinnerten mich an eine Flamencotänzerin. Die anderen nahm ich kaum noch wahr, ich hatte nur Augen für sie. Ihre Haut glänzte wie braune Seide, mit einer Hand strich sie immer wieder ihre langen, leicht, gelockten kastanienbraunen Haare zur Seite, das enge Minikleid betonte mit jedem Schwung ihre perfekte Figur. Egal was kam, ich tanzte nach jeder Musik, nur der Rhythmus war wichtig und den gab sie vor. Von Müdigkeit war nichts mehr zu spüren. Der Song endete und ich erkannte den typischen Gitarrensound von Eric Clapton. »Have you ever loved a woman«, ein schöner Blues, der ganz und gar nicht zum übrigen Sound paßte. Ich stand etwas verdutzt da, schaute mich um, die Tanzfläche war etwas leerer geworden. Dann sah ich Maria leicht verlegen an und machte eine fragende Bewegung. Sie lächelte, trat einen Schritt auf mich zu und legte ihre Hand auf meine Schulter. Eng umschlungen tanzten wir, ohne uns von der Stelle zu bewegen. Ihr Kopf lag auf meiner Schulter und ich sog den Duft ihrer schweißgetränkten Haut auf, spürte den sanften Druck ihrer Brüste und meine Hände fühlten jede Bewegung ihrer Hüften. Ich schob eine Hand langsam ihren Rücken hoch und preßte sie enger an mich. Sie schlang den anderen Arm um mich und ich hätte wer weis was für eine Maxiversion gegeben. Noch nie hatte ich diesen Song in einer passenderen Situation gehört und nie zuvor hatte ich jede Note so hautnah gespürt.

Der Blues endete und ein stampfender Rhythmus kündigte das nächste Popstück an. Wir standen da, noch immer eng umschlungen, ich wollte sie nicht loslassen und sie machte auch keine Anstalten dem neuen Rhythmus nachzugeben. Ich weiß nicht, wie lange wir so dastanden, aber es war viel zu kurz. Ich blickte in ihre dunkelbraunen Augen, gab ihr einen Kuß auf die Wange und ohne etwas zu sagen, verließen wir die Tanzfläche. Dieser Blues war nicht zu toppen und ich hoffte, sie sah es genauso.

Wir gingen nach vorn, ihre Hand fühlte sich warm an, der Schweiß auf meinem Rücken kühl. Estelle kam uns lachend entgegen, wechselte ein paar Worte mit Maria und wandte sich dann an mich.

»Noch nicht müde? - Sie schließen bald, wollen wir noch etwas unternehmen, vielleicht gibt es am Strand noch eine Party?«

Wir tranken noch einen Bacardi und machten uns auf zum Strand.

Keine Ahnung wie lange wir liefen, die frische Luft tat gut. Enrico schwankte leicht hin und her, auch den beiden Frauen vor uns war der Alkohol anzumerken. Sie liefen kichernd halb auf dem Bordstein, halb auf der Straße entlang und hielten sich gegenseitig im Arm. Enrico prallte gegen meine Schulter oder war ich es?

Egal, er grinste mich an.

»Sorry Amigo, too much Cola.«

Ich lachte und entgegnete nur „Me too!"

Wir überquerten eine breite, mit hohen Palmen umsäumte Straße und waren nur noch durch eine kleine Mauer vom Strand getrennt. Die Wellen brachen sich im Licht der Laternen, sie zogen mich magisch an. Mit einem Satz sprang Enrico über die Mauer. Ich tat es ihm gleich und schon lagen wir beide im Sand. Der Strand lag doch etwas tiefer als ich vermutet hatte. Maria und Estelle kammen die Stufen, keine zehn Meter von uns entfernt, hinunter und fanden es sehr amüsant uns beide da liegen zu sehen. Wir klopften uns den Sand von den Sachen und liefen gemeinsam den Strand entlang. Das Wasser schien wärmer als der Sand zu sein, in der Ferne waren die Lichter eines Schiffes zu sehen. Maria und ich liefen ein paar Schritte hinter den andern ohne viel zu reden. Wie lange wir Urlaub haben, wie schön das Meer ist und das die Nächte im Sommer viel zu kurz sind. Ein richtiges Gespräch kam nicht auf.

Als wir uns einer Gruppe junger Leute näherten, die im Schatten einer kleinen Holzbude saßen, drehte sich Estelle um, drückte Maria ihre Sandaletten in die Hand und lief zu der Gruppe hinüber. Wir standen unentschlossen da, Enrico ließ sich rückwärts in den Sand fallen.

»Spanish girls are crazy!«

Ich sah Maria an, sie verdrehte die Augen und zog die Schultern hoch. Wir setzten uns neben Enrico. Maria vergrub ihre Füße im Sand und ich bot beiden eine Zigarette an. Enrico griff bereitwillig zu, Maria lehnte dankend ab, nahm dann aber doch ein paar Züge von meiner Zigarette. Als wir aufgeraucht hatten, kam Estelle hüftschwingend auf uns zu und schwenkte eine Flasche Rotwein in ihrer Hand.

»Jetzt können wir deinen Abschied feiern«, sagte sie.

Soweit ich verstand, hatte der unerwartete Rotweinsegen etwas mit mir zu tun. »Amigo Aleman - salina - tren - manjana«, war alles was ich mitbekam. Wie auch immer, ich bewunderte ihr Organisationstalent und verschwendete keinen weiteren Gedanken daran, ob ich richtig lag. Wir nahmen alle einen Schluck und gingen gemächlich zurück. Während ich meinen Zigarettenkonsum steigerte, hielt sich Maria mehr an den Wein. Die Dunkelheit war einem fahlen Licht gewichen, das den Sonnenaufgang ankündigte. Wir setzten uns in den Sand und blickten auf´s Meer.

Maria nahm die Flasche und setzte sich ein paar Meter weiter auf die Treppenstufen. Die Sonne stieg langsam aus dem Meer empor. Das helle Licht hatte etwas ernüchterndes. Die Nacht war vorbei und ich dachte an unseren letzten Tanz. Bald würde ich im Zug sitzen und Maria würde nur noch eine schöne Erinnerung sein. Ich stand auf, setzte mich neben sie und nahm einen tiefen Schluck aus der Flasche. Sie schwieg.

»Es war eine schöne Nacht«, sagte ich. Sie nickte.

»Hast Du eine Zigarette für mich?«

Ich kramte in meiner Tasche, die Packung war leer, aber ich hatte noch etwas Tabak. Sie deutete mir an, ihr eine zu drehen. Nachdem ich fertig war, zündete ich die Zigarette an und reichte sie ihr. Wir sahen gemeinsam in den Sonnenaufgang und ich wünschte, die Zeit würde stehenbleiben.

»Ich hätte dir gern Malaga gezeigt«, sagte sie nach einer Weile.

»Und ich hätte gern noch einen Blues mit dir getanzt.«

Sie lächelte. »Das liegt bei dir.«

»Ich glaube, ich habe gerade meinen Zug verpaßt«, sagte ich.

Wir lachten, Maria nahm mir die Flasche aus der Hand, setzte sie an und hielt inne.

»Cuando?«

»Wann hast du Zeit?«, fragte ich.

Sie trank langsam den letzten Rest des Weines.

»Um drei?«

Ich stimmte gleich zu und wir verabredeten uns in einem Cafe an der Avenida Americas. Ich war mir nicht sicher, ob wir das gleiche Café meinten und ließ mir vorsichtshalber alles nochmal erklären. Es war nicht weit von dem Laden, in dem wir uns das erste Mal gesehen hatten, entfernt – in der Nähe des Bahnhofs.

Estelle kam demonstrativ gähnend auf uns zu. Es wurde Zeit Abschied zu nehmen. Wir liefen die Straße entlang und fanden schließlich ein Taxi. Der Taxifahrer, ein älterer, dickbäuchiger Mann, packte seine Thermoskanne weg, wischte sich mit dem Hemdsärmel über den Mund und gemächlich rauschten wir durch die Straßen Malagas. Enrico verließ uns als erster, dann ging es kreuz und quer durch enge Gassen, einen großen Boulevard entlang, vorbei an mehreren Pferdedroschken bis zu einem kleinen Platz. Estelle wünschte mir eine gute Reise und sprang aus dem Wagen. Maria sprach mit dem Taxifahrer und drehte sich zu mir.

»Er fährt dich zu dem Café, es ist nicht weit!«

»Drei Uhr?«

»Si!«, lächelte sie, gab mir einen Kuß und lief schnell hinter Estelle her.

Das Taxi fuhr wieder an und hielt wenige Minuten später an dem kleinen Cafe. Ich zahlte und lief die Straße zurück zum Bahnhof, an dem wir kurz zuvor vorbeigefahren waren, durchquerte zwei kleine Straßen und stand vor meinem Hotel. Der Portier kam gerade die Treppe herunter.

»Buenos diaz!«

Er erkundigte sich, wann ich abreisen würde und ich sagte ihm, ich würde noch einen Tag bleiben.

»Malaga, bueno«, rief er hinter mir her.

»Si, trés bueno!«, lachte ich.

Ich nahm einen Schluck Wasser, zog die schweren, dunklen Vorhänge zu, nahm ein Stück Weißbrot und legte mich auf´s Bett. Noch sieben Stunden, ich wollte fit sein und ein paar Stunden Schlaf waren die beste Voraussetzung dafür. Der Straßenlärm nahm zu und das Gepolter der Putzfrau auf dem Flur war dem Einschlafen auch nicht besonders förderlich. Irgendwie schlief ich dann doch ein und überließ den Vormittag allen, die nicht die Nacht zum Tag gemacht hatten.

Als ich aufwachte, verspürte ich wieder dieses bekannte Gefühl im Magen. Ein schönes Frühstück käme jetzt gerade recht. Ich nahm meine Uhr vom Nachttisch, es war halb eins. Kein lautes Radio, keine Putzfrau und der Straßenlärm hielt sich auch in Grenzen. Ich sah mich im Zimmer um, ein kitschiger Meerblick in einem leicht vergilbten Rahmen, ein kleiner Tisch mit zwei Stühlen, daneben ein großer alter Maghonischrank und auf der anderen Seite das Waschbecken mit einem fast blinden Spiegel. Nicht unbedingt die Atmosphäre, die einen freudig in den Tag entläßt. Ich zog die Vorhänge beiseite, öffnete die knarrenden Flügeltüren und blickte über die eiserne Brüstung. Die Sonne schien und die Aussicht auf das Treffen mit Maria entschädigte mich für das triste Zimmer. Nachdem ich mich frisch gemacht hatte, zog ich mir ein neues Hemd an, verstaute meine Sachen im Schrank und trat auf die die Straße.

Das Bistro von gestern kam mir als erstes in den Sinn. Einen großer Café con leche und ein kleines Baguette mit Schinken. Es war voll hier, ich hatte den letzten kleinen Tisch am Eingang erwischt. Neben mir saßen zwei Geschäftsleute, graue Anzüge, Sonnenbrille, eine lederne Mappe auf dem Tisch und protzige goldene Uhren am Handgelenk. Wie zwei Mafiosi, dachte ich und lenkte meinen Blick auf den Kellner, der sich mit Orangensaft und einem großen Salatteller zwischen den Tischen hindurchzwängte. Nachdem ich mein Frühstück eingenommen und noch eine Zigarette geraucht hatte, zahlte ich. Ein bisschen Bewegung tat sicher gut. Ich ging Richtung Bahnhof, bloß nicht zuweit vom Treffpunkt entfernen. Meine Gedanken kreisten die ganze Zeit nur um Maria. Würde Sie kommen, könnte der Tag genau so schön werden wie die letzte Nacht und was würden wir machen?

Verdammt, ich war im Urlaub, ein paar schöne Stunden, ein letzter Tanz, der mich für den Moment alles vergessen ließ – mehr war nicht drin. Vielleicht wäre es besser, wenn Sie gar nicht käme. Daran wollte ich aber doch nicht denken. Ich wollte Ihr wenigstens noch sagen können, wie sehr Sie mir gefällt und das ich die letzte Nacht nicht vergessen würde.

Am Bahnhof holte ich mir ein Croissant und teilte es mit einem streunenden Hund. Dann wurde es Zeit.

Kurz vor drei betrat ich das Café, von Maria war nicht zu sehen. Ich setzte mich an einen der vorderen Tische und bestellte einen Orangensaft. Die Zeit schlich, ich hätte mir was zu lesen besorgen sollen, aber so schien jede Minute eine Ewigkeit. Andere Gäste zu beobachten und mir vorzustellen, was sie machen oder in welcher Situation sie gerade sind, war immer sehr unterhaltsam, doch dazu fehlte mir jetzt die Ruhe. Mehr aus Verlegenheit, nahm ich die Getränkekarte und studierte sie vor- und rückwärts. Immer wieder fiel mein Blick auf die Uhr, es war schon zwanzig nach drei. Vielleicht noch einen Kaffee und wenn Sie dann immer noch nicht da ist, wäre es wohl am Besten zum Bahnhof zu gehen und mein Ticket reservieren zu lassen. Ich versuchte mich gerade beim Kellner bemerkbar zu machen, als sie etwas außer Atem im Eingang stand. Enge, stonewashed Jeans, ein glänzendes, weißes Top mit Spaghettiträgern und eine zur Hose passenden Jeansjacke über dem Arm. Sie sah toll aus, strahlte mich an und setzte sich.

»Tut mir leid«, sagte sie, »aber ich konnte nicht früher, meine Tante...«

»Schon ok«, unterbrach ich sie, »schön das du da bist!«

Der Kellner kam, wir bestellten noch zwei Café con leche.

»Was hast du schon von Malaga gesehen?«

Ich sagte ihr, dass ich schon einmal in Malaga war, aber außer dem Strand, ein paar Kneipen und der Gegend um den Bahnhof noch nicht viel gesehen hatte.

»Mich interessieren keine Touristenattraktionen, ich würde gern Malaga so kennenlernen, wie es die Einheimischen sehen«, erzählte ich, aber in Wirklichkeit hatte ich in ihrer Anwesenheit keinen Sinn für andere Dinge, doch das behielt ich für mich.

Wir sprachen über die vergangene Nacht, über Estelle und Enrico, die Schwierigkeit morgens einzuschlafen und brachen dann auf um noch etwas von Malaga zu sehen. Wir fuhren mit dem Bus über den Rio Guadalmedina und erreichten die große Kathedrale von Malaga, hinüber zur Alcazaba, hatten einen schönen Blick über die Altstadt, Maria sprach über Architektur, dass die Kathedrale nie vollendet wurde und wie sehr sie von historischen Bauwerken und dem Raumgefühl der alten Baumeister fasziniert war. Ich hörte ihr gern zu und Ihre engagierte Gestik machte die Verständigung nahezu problemlos. Wir sprachen über Kunst, natürlich über Picasso, Musik und Politik. Es war schon verrückt, egal welches Thema, wir konnten über alles reden und nicht einen Augenblick kam unser Gespräch ins Stocken. Nicht weit vom Plaza Constitución nahm Maria meine Hand, zog mich in eine schmale Gasse und sagte: „Hier ist einer meiner Lieblingsplätze in Malaga.

Wir landeten in einer kleinen spanischen Bodega. An einem der hinteren Tische saßen drei Männer mittleren Alters. Einer von ihnen gab ein paar spanische Lieder zum Besten, während ihn ein anderer mit der Gitarre begleitete. Wir setzten uns, bestellten einige Tapas und Rotwein. Die rustikale Einrichtung, der steinerne, abgelaufene Boden und die alten, gußeisernen Laternen, alles wies darauf hin, dass dieses Lokal schon sehr alt sein mußte. Nichts wirkte künstlich und auch das Publikum schien hier zuhause zu sein. Die lockere, familiäre Atmosphäre und die Musik aus der hinteren Ecke, hier war Spanien, wie man es sich vorstellte.

Ich zündete die Kerze an, die auf dem Tisch stand und schilderte meine Eindrücke. Maria lächelte, ihre Augen glänzten im Schein der Kerze und das warme Licht verlieh ihrer samtweichen, braunen Haut einen goldenen Schimmer. Je länger ich mit ihr zusammen war, desto stärker zog es mich zu ihr hin. Sie war schön, attraktiv und begehrenswert, aber da war noch etwas anderes. Dieses Gefühl war mehr als ein flüchtiges Verliebtsein, aber wir beide schienen zu wissen, dass uns nur eine kurze Zeit blieb.

Der Wein und die Tapas wurden gebracht, vom Nachbartisch beugte sich ein vollbärtiger Mann herüber, hielt mich am Arm und sagte etwas. Maria lachte.

»Die besten Tapas ganz Malagas!«

Ich erhob mein Glas, blickte in ihre Augen.

»Auf die besten Tapas und das hübscheste Mädchen!«

Maria schmunzelte, nahm ihr Glas.

»Auf den schönen Abend!«

Der Wein war herb, ich hatte das Gefühl, die trockene Erde Andalusiens und die Sonne Spaniens zu schmecken, er paßte hervorragend zu den Tapas.

»Es ist schon verrückt, gestern um diese Zeit kannten wir uns noch nicht und heute sitzen wir hier, als ob wir uns schon lange kennen würden.«

»Vielleicht kennen wir uns auch schon lange und wußten es nur nicht«, erwiderte ich.

»Meine Großtante hatte einmal gesagt, sie sei schon immer Flamencotänzerin gewesen, aber erst, als sie die Schuhe auszog, wußte sie es auch wirklich«, erzählte Maria.

Ihre Großtante lebte in einem kleinen Dorf bei Granada, als

eines Tages ein Freund ihres Bruders zu ihnen kam. Er spielte hervorragend Gitarre, am Abend wurde getrunken und getanzt. Sie verliebte sich in den Fremden ohne viele Worte, er sprach durch die Gitarre, sie durch ihren Tanz. Sie trafen sich häufiger und ein halbes Jahr später ging sie mit ihm fort und wurde Flamencotänzerin.

»Und – wurden sie glücklich?«, fragte ich.

Maria erzählte weiter.

»Die Familie wollte nichts mehr mit ihr zutun haben, eine Flamencotänzerin war nicht sehr angesehen, als der Bürgerkrieg ausbrach, lebten sie in Sevilla. Kurz vor ihrer Hochzeit wurde »El Gitane«, wie ihn die Familie nannte, von einem Francoanhänger erstochen. Meine Großtante lebte nur noch für den Flamenco, denn dadurch fühlte sie sich immer mit ihm verbunden. Sie zog bald darauf nach Granada und kehrte erst lange nach dem Tode ihres Vaters in ihr Heimatdorf zurück. Sie hatte nie geheiratet, es gab nur zwei Sachen die sie liebte, den Flamenco und Mohnblumen.«

»Tanzt du auch Flamenco?«

»Nein«, lachte sie, »aber ich liebe auch Mohnblumen!«

»Meine Großmutter hat Sonntag Geburtstag, die ganze Familie kommt und jedesmal wird diese Geschichte erzählt,« sagte Maria nach einer kurzen Pause.

»Ich weiß nicht wo ich dann bin, aber ich werde an dich denken«, sagte ich.

Wir blickten uns an, ich wollte ihre Hand greifen, da kam der Kellner. Wir bestellten noch einen Malagawein und Maria blickte auf die Uhr.

»Der letzte Bus fährt bald«, sagte sie.

Schon so spät, dachte ich. Wir tranken den warmen, süßen, Wein, der wie Öl die Kehle runterging und riefen den Kellner. Als ich zahlen wollte, hielt mich Maria zurück.

»Ich lad´ dich ein!«

»Nur wenn wir noch irgendwo einen Kaffee trinken«, antwortete ich.

»Oder zwei«, lachte sie.

Wir verließen die Taverne. Es war kühl, Maria zog sich ihre Jacke über und nahm meine Hand.

Sie fühlte sich warm und weich an und ich wußte nicht, ob es ihr Pulsschlag war oder meiner, den ich spürte. Als wir die nächste Straße erreichten, blieb ich stehen. Ich war nervös, ich wollte etwas sagen, wußte aber nicht wie, meine Hand streifte ihr Haar sacht nach hinten und zog sie vorsichtig an mich. Sie leistete keinen Widerstand und als sich unserer Lippen berührten, küßten wir uns lang und innig. Wir hielten uns fest umschlungen, es war genug geredet worden, jetzt brauchten wir keine Worte mehr.

Wir liefen die Straße entlang, kamen an einer Kirche vorbei und standen vor einem hellbeleuchteten Cafe.

»Noch einen Kaffee, wir können später ein Taxi nehmen«, sagte ich.

Maria sah mich ernst an.

»Wollen wir die Nacht zusammen verbringen?«

Überrascht starrte ich sie an, natürlich wollte ich, auch wenn der Abschied mit jeder Minute schwerer fallen würde, allein der Gedanke daran tat jetzt schon weh.

Sie schien meine Gedanken lesen zu können.

»Ich möchte diesen Abend nie vergessen und es wäre schade, wenn wir uns einfach so trennen würden.«

Ich küsste sie.

»So einfach wirst du mich nicht los!«

Wir betraten das Cafe und Maria telefonierte mit ihrer Tante.

Der Kellner war nicht sonderlich begeistert, er wollte gerade Feierabend machen, brachte uns dann aber doch noch zwei

Kaffee und kurz darauf saßen wir im Taxi.

Ich dachte an mein bescheidenes Zimmer, gerne hätte ich ihr eine andere Atmosphäre geboten. Für Maria schien der Portier das einzige Problem zu sein, doch der saß im Hinterzimmer, sah Fernsehen und bemerkte uns gar nicht.

Die Nacht gehörte uns. Ich sog den Duft ihres Haares ein, fühlte ihre zarte Haut und trank mich an ihren innigen Küssen satt. Sie atmete schwer, ihre Lippen zitterten, ihre Hände ergriffenen meine Schultern und drückten mich an ihre warmen, weichen Brüste. Eng umschlungen wälzten wir uns auf dem Bett hin und her, liebkosten unsere Körper und während ich in sie eindrang, saugten sich unsere Münder aneinander fest. Unsere Körper vibrierten, ihre feuchten Schenkel pressten sich an meine wild zuckenden Hüften, mit jedem Atemzug sog ich ihren wunderbaren Duft ein, spürte ihren heißen Atem und fühlte, wie sich ihre Hände in meinen Rücken gruben. Gegen Morgen schliefen wir schweißgebadet Arm in Arm ein.

Als ich aufwachte, sah das Zimmer ganz anders aus. Die Vorhänge waren nicht zugezogen und die Sonne ließ das Zimmer hell und freundlich erscheinen, doch vor allem sie lag neben mir, ihr Kopf in meinem Arm, das lange Haar floß über ihrer Schulter. Ich blickte sie an und wagte mich kaum zu rühren. Sie schlief fest, vorsichtig zog ich einen Arm unter ihrem Kopf hervor und nahm ihre Hand von meiner Brust. Ich strich ihr Haar etwas zur Seite, küsste sie sacht aufs Ohr und stand auf.

Ich nahm die Stimmung, das Licht und die Geräusche von der Straße in mich auf, sah aus dem Fenster und stellte mir vor, wie es wäre jeden Morgen mit ihr aufzuwachen. Wieviel hätte ich darum gegeben, die Zeit stehenbleiben zu lassen.

Sie wachte langsam auf und sah mich an.

»Buenos Dias!«, lächelte sie.

Ich setzte mich auf's Bett, streichelte ihr den Rücken und küßte ihre Schulter. Sie zog mich in Bett. Nichts tat ich lieber, als in ihren Armen zu versinken und der Glanz in ihren Augen überzeugte mich davon, dass es ihr nicht anders ging. Nicht an später denken, nur der Moment zählt. Je stärker die Gefühle um so mehr drängte sich der Gedanke an die Flüchtigkeit des Momentes ins Bewußtsein.

»Wie spät ist es, ich muß um zwölf bei meiner Tante sein?«

»Zehn Uhr.«

Da war sie also, die Deadline – noch zwei Stunden.

Wie in der Nacht, so schlichen wir auch jetzt aus dem Hotel, frühstückten gemeinsam im nächsten Bistro, erkundigten uns am Bahnhof nach meinem Zug und trennten uns dann schweren Herzens.

Ich beglich meine Hotelrechnung, teilte mein Mittagessen mit einem bernsteinfarbenen Mischling und begab mich zum Bahnsteig.

ALGECIRAS 15:25 – noch eine Viertelstunde.

Während ich meine Tasche nach einem Beutel Tabak durchsuchte, stand Maria plötzlich vor mir.

Wir fielen uns in den Armen und unsere Lippen schienen der Anziehungskraft kaum Herr zu werden, als mein Zug einlief. Maria drückte mir ein kleines Geschenk in die Hand, einen kleinen Lederbeutel, dann schob sie mich sanft in den Zug und winkte mir zum Abschied.

Nachdem der Zug den Bahnhof verlassen hatte, suchte ich ein einigermaßen leeres Abtei und sah wie die Häuser langsam den Feldern wichen. Ich hatte noch immer den Lederbeutel in der Hand, betrachtete das geprägte Leder, schließlich öffnete ich den Beutel und fand eine getrocknete Mohnblume.

Paris

Gemächlich schlenderte ich den Boulevard Saint-Michel entlang, bog rechts in den Boulevard Saint-Germain, vorbei an ausladenden Librairies und kleinen Straßencafes, blieb kurz am Bordstein stehen, um ein abbiegendes Taxi vorbei zu lassen und setzte meinen Weg fort. Seit Tagen hatte ich Paris durchkämmt, zahlreiche Sehenswürdigkeiten in Augenschein genommen, eine Miro-Ausstellung besucht, hatte im Centre Pompidou zeitgenössische Fotografien betrachtet, überwiegend in schwarz-weiß gehalten, stellten sie die emotionale Trostlosigkeit in allen Facetten des menschlichen Lebens dar. Vor einer tristen Stadtlandschaft bleib ich stehen, irgendetwas war seltsam an diesem Bild, kein Mensch war zu sehen, kein Auto, absolut kein Anschein von Leben und doch spürte man die menschliche Gegenwart in jedem Winkel und der bedrohliche Himmel ließ erahnen, welche Zukunft die urbane Gesellschaft erwartete. Stundenlang war ich mit der Métro unterwegs gewesen, hatte den Eindruck das gesamte Streckennetz in und auswendig zu kennen, doch nun wollte ich Paris erfühlen, die pulsierende Metropole abseits der touristischen Pfade in mir aufnehmen und das Lebensgefühl der Einwohner einsaugen. Ziellos ließ ich mich mit der Menge treiben, warf einen Blick in eine kleine Seitengasse und folgte ihr bis ich mich schließlich an der Seine wiederfand. Schräg gegenüber, auf der Île de la Cité, ragte Notre Dame empor und ein Ausflugsschiff glitt langsam an der weltbekannten Kathedrale vorüber. In dieser Stadt atmete man Geschichte auf Schritt und Tritt, die Fassaden der alten Bürgerhäuser strahlten den Charme vergangener Zeiten wieder und die Straßennamen zeugten von großen Dichtern und Künstlern, die zumindest einen Teil ihres Lebens hier verbracht hatten, aber um das Paris von heute zu finden, musste ich woanders suchen. Ich folgte der Seine Richtung Süden, überquerte die Île Saint Louise und landete in einem kleinen Bistro mit zahlreichen colorierten Fotos alter Stadtansichten an der Wand.

Es hatte angefangen zu nieseln und zwei Studentinnen, die gerade im Begriff waren zu zahlen, schauten genervt aus dem großen, von roten Vorhängen umsäumten Fenster auf die Straße. Ich setzte mich an einen der kleinen, runden Tische und bestellte einen Cafe au Lait. Ein älterer Herr las im Le Figaro, senkte die Zeitung für einen kurzen Augenblick und nickte der dicken Frau zu, die gerade im Begriff war, das Café mit zwei Baguettes unter dem Arm zu verlassen, eine elegante Dame schob ihre Einkaufstüten zur Seite und wies ihren Jungen zurecht, der mit dem Zuckerglas spielte und beinahe seine Chocolate über den Tisch ergoss und ein Paar gesetzten Alters schien sich über ein vorangegangenes Erlebnis zu amüsieren.

Der Himmel zog sich immer mehr zu und schon bald bildeten sich die ersten Pfützen auf dem nassen Asphalt. Da der Regen stetig zunahm, schien es mir ratsam ins Hotel zurückzukehren. Ich trank meinen Cafe au Lait aus, zahlte und rannte die Straße entlang zur nächsten Métrostation, sprang die Treppen hinunter, vorbei an den mit zahlreichen Graffitis verzierten, weißen Kacheln und bestieg die gerade eingefahrenen Tram. Nach einmaligem Umsteigen erreichte ich die Station Odéon, nur ein Katzensprung von meinem Hotel entfernt. Nahe dem Ausgang saß ein blinder Mann und spielte Akkordeon, während die Passanten achtlos an ihm vorüber liefen. Am Ausgang blieb ich kurz stehen und hörte die melancholische Musik durch die Gänge hallen. Es schüttete wie aus Kübeln, das Gedränge um mich herum nahm zu, Regenschirme wurden aufgespannt, nach und nach stürzten sich die Ersten die Treppe hinauf in den Wolkenbruch. Ich nahm die Beine in die Hand, hechtete mich von einem Hauseingang in den anderen und erreichte klitschnass mein Hotel. Auf meinem etwas in die Tage gekommenen Zimmer, zog ich meine nassen Kleider aus und warf mich auf das weiche, aber reichlich durchgelegene Bett. Die schweren, dunkelbraunen Samtvorhänge und die vergilbten Wände ließen das Zimmer noch kleiner erscheinen, als es wirklich war, der schmale Tisch vor dem hohen, in abgeblätterten Gold gerahmten Spiegel hatte neben einigen Dellen auch schon seinen Lack eingebüßt. Dem großen Wandschrank, neben der Tür, entstieg ein muffiger Geruch und die Dusche war auf dem Flur, dafür gab es ein kleines Waschbecken sowie ein Bidet und der Zimmerpreis war für die zentrale Lage auch recht günstig.

Ich zog meinen Brustbeutel hervor und zählte mein Geld, neunzehn Francs und fünfundzwanzig Centimes – das reichte nicht einmal für ein Frühstück die letzten drei Tage, die mir hier noch blieben. Das Ticket nach Hause hatte ich bereits in der Tasche und das Zimmer war auch schon bezahlt, also beschloss ich nur noch von Baguette und Milch zu leben und mein letztes Métroticket für die Fahrt zum Gare du Nord aufzuheben.

Am nächsten Morgen blickte ich aus dem Fenster, das feuchte Kopfsteinpflaster glänzte in der Sonne und vor der Épicerie stand ein kleiner Lieferwagen. Schnell sprang ich die Treppen runter, kaufte einen Liter Milch und ein Baguette, um anschließend wieder die alten, ausgetretenden Stufen hinaufzusteigen und meinen knurrenden Magen zu beruhigen. Nach dem mageren Frühstück machte ich mich wieder auf, wenn schon nicht ganz Paris, so wollte ich wenigstens das Quartier Latin bis in den letzten Winkel erkunden. Die Stadt war längst erwacht, die Autos drängelten sich den Boulevard Saint-German entlang, die Geschäfte wurden beliefert, an den Bushaltestellen standen Leute mit Aktentaschen und Plastiktüten, an den Kiosken fanden Zeitungen und Zigaretten reißenden Absatz und die Straßencafés waren auch schon gut besucht. Ich schlängelte mich durch die parkenden Autos, überquerte eine Seitenstraße und erreichte kurz darauf die kleine Parkanlage am Seineufer. Schräg gegenüber stand Notre Dame in seiner ganzen Pracht ihm Licht der Morgensonne und auf einer Bank saß der Typ, den ich vor ein paar Tagen schon einmal am Odeon getroffen hatte. Er riet mir unbedingt mal an die Ardeche zu fahren und schwärmte so sehr von Bob Dylan und Jim Morrisson, dass ich fast drei Stunden mit ihm auf den Steinstufen am Stravinsky Brunnen, neben dem Centre Pompidou, zubrachte und zusah, wie sich die großen Nanafiguren von Niki de Saint Phalle, unbeeindruckt von den staunenden Touristen, um die eigenen Achse drehten und, wie als Kommentar zu dem Geschehen um sie herum, Fontainen verspritzten.

Sein speckiger Lederhut lag neben ihm, die zerschlissenen Turnschuhe wippten ihm Takt des Blues, den er auf der, mit Aufklebern und Peacezeichen versehenen Gitarre intonierte.

»Bon Jour, my friend«, lächelte Francois, schob seinen Hut zur Seite und ich setzte mich neben meinen Musikerfreund. Wir beobachteten die Touristen, die an den Buch- und Bilderständen vorbeizogen und mit gezückter Kamera der Kathedrale zustrebten. Francois kam aus einem Vorort von Paris, verbrachte die Sommermonate bei Freunden, die in einer Wohngemeinschaft in Clichy lebten. Sie wollten gemeinsam eine Woche in der Provence verbringen, doch um das Geld zusammen zu kriegen, hing er an den touristischen Sehenswürdigkeiten herum und machte Musik. Aber es gab noch einen Grund, der ihn meist ins Quartier Latin verschlug. Sie hieß Denise und machte ein Praktikum zur Bühnenbildnerin im Odéon Theater. Francois hatte sie vor ein paar Tagen kennen gelernt und war davon überzeugt, die Frau fürs Leben gefunden zu haben. Allerdings hatten sie sich erst zweimal getroffen und ihre Adresse kannte er auch noch nicht.

Gegen Mittag kam Roger, ein Freund von Francois, vorbei und zog aus seinem Armybeutel eine Flasche Rotwein. Wir saßen in der Sonne, ließen uns den Rotwein munden und ab und zu landeten ein paar Centimes in dem alten Lederhut, der mittlerweile auf dem Kiesboden lag, während Francois einen Folksong nach dem anderen spielte. Als eine Gruppe junger Frauen lächelnd vorbei kam, sprang Francois auf, tanzte singend auf sie zu, hüpfte auf einem Bein um sie herum, verbeugte sich elegant vor ihnen und lud sie mit eine Geste, die einem Chevallier gleichkam, der seinen federgeschmückten Hut pirouettenartig schwang, ein uns Gesellschaft zu leisten. Die Gruppe ging kichernd weiter und mit ausgebreiteten Armen wandte er sich uns zu.

»C´est la vie!«

Die Sonne hatte die letzten Schatten vertrieben und langsam machte sich die Wirkung des Weines bemerkbar.

»Lass uns zur Seine runter gehen«, sagte Roger und warf die leere Flasche in den nächsten Abfallkorb. Wir stiegen die steinerne Treppe hinab, setzten uns auf die kleine Mauer und blickten auf die Seine. Hier schien es etwas kühler und die hohe Ufermauer spendete reichlich Schatten. Roger setzte sich rittlinks auf die Mauer und legte sich auf den Rücken während Francois sein Kleingeld zählte. Ich blickte die Seine entlang, als ein Clochard in langem Mantel, mit zwei Plastiktüten in den Händen heranschlürfte. Er blieb stehen, deutete auf die Gitarre und wechselte ein paar Worte mit Francois, der sein Geld eingesteckt, mittlerweile auf der Mauer balancierte. Noch immer strömten die Touristen über die Brücke, ein paar von ihnen beugten sich über die Brüstung und ließen sich von der pitoresken Szene inspirieren ein Foto zu machen. Mein Magen knurrte und ich dachte an das halbe Baguette, das noch in einer transparenten, rosa Plasiktüte auf dem abgewetzten Tisch vor dem großen Spiegel lag.

Gegen vier machte ich mich mit Francois auf, Richtung Odéon, verabschiedete mich an der Rue Monsieur le Prince, nicht ohne ihm noch viel Glück zu wünschen, und tauchte, gleich anschließend, das in der Zwischenzeit hart gewordenen Baguette in den Rest der Milch.

Am Abend schlenderte ich den Boulevard Saint-Michel entlang zum Jardin du Luxembourg, gedachte am Panthéon der großen Franzosen wie Voltaire, Rousseau und Victor Hugo, die hier ihre letzte Ruhestätte fanden und beschloss den Abend mit ein wenig Lektüre zu beenden und früh schlafen zu gehen.

Als ich am nächsten Morgen das Hotel verließ, stieg mir der Duft frisch gebackener Croissants in die Nase. Was hätte ich für ein schönes Frühstück und eine heiße Tasse Kaffee gegeben, doch die großen Tassen Cafe au Lait, die hier üblicherweise zum Petit Déjeuner kredenzt wurden, waren sowieso nicht gerade mein Fall und meine letzten Francs musste ich mir gut einteilen. Am Place Henri Mondor traf ich ein belgisches Pärchen mit den typischen, aluverstärkten Rucksäcken und dem Blick, an dem sich alle Interrail-Reisenden erkannten. Sie waren gerade in Paris angekommen und auf der

Suche nach einer günstigen Absteige. Ich empfahl ihnen mein Hotel und setzte meinen Weg Richtung Seine fort, vielleicht würde ich Francois wieder treffen. Doch von ihm war weit und breit nichts zu sehen. Stattdessen saß ich mit ein paar Rentnern in den Tuilerien herum und beobachtete die kleinen Schiffchen, die auf dem runden Teich ihre Kreise zogen. Abends lief ich durch die Gassen des Quartier Latin, vorbei an den zahlreichen, kleinen Restaurants, starrte auf die in den Auslagen präsentierten Speisen und fragte mich mit rumorendem Magen, ob es sich um hervorragend gemachte Plastikimmitationen oder echte Braten und Beilagen handelte.

Es war schon eine gewaltige Qual ausgerechnet hier hungrig und mit leerem Geldbeutel herumzuirren. Außer Restaurants schien es in diesen Viertel nicht viel zu geben, das war mir tagsüber gar nicht so aufgefallen, doch jetzt, bei Dunkelheit, leuchteten die Neonlichter in allen Farben. Die warmen, einladenden Schaufenster luden zum Verweilen ein und ließen mir das Wasser im Mund zusammenlaufen. Ich könnte mein letztes Geld auf den Kopf hauen und schon morgen die Heimreise antreten, doch wer weiß, wann ich wieder einmal nach Paris kommen würde. Übermorgen könnte ich mir zu Hause den Bauch vollschlagen, aber Paris würde ich so schnell nicht wieder sehen. Immer wieder zählte ich mein Kleingeld und setzte mich schließlich mit einer kleinen Portion Pommes Frites an die Umzäunung einer Kirche. Morgen würde ich mit Sicherheit nicht noch einmal dieses Viertel aufsuchen.

Auf dem Weg zum Hotel kam mir das belgische Pärchen entgegen, bedankte sich für den guten Tip und fragte nach einem billigen Restaurant. Weltmännisch wies ich ihnen den Weg ins Schlemmerparadies des Quartiers, mit dem Hinweis, sie würden dort bestimmt ein ihren Vorstellungen entsprechendes Bistro finden, warf mich anschließend in mein durchhängendes Bett und schlief, nicht ohne an die Entstehung der merkwürdigen Kuhle zu denken, ein.

Der Himmel war leicht bewölkt, als ich, strammen Schrittes, den Boulevard de Sébastopol in Richtung Gare de l'Est entlang marschierte. Es war Samstag, morgen würde ich meine Heimreise antreten, aber heute wollte ich mit einer letzten größeren Exkursion das Lebensgefühl der französischen Metropole in mich aufnehmen und ein paar neue Eindrücke sammeln. Es musste schon etwas besonderes sein hier zu leben, obwohl es Sommer war und mir immer wieder versichert wurde, das die meisten Pariser jetzt im Urlaub auf dem Lande wären, glich die Hektik den mir bislang bekannten Großstädten, ja sie wirkte durch den doch häufig recht chaotischen Straßenverkehr sogar übertrieben und doch machten die meisten Pariser einen ausgeglichenen, entspannten Eindruck, für einen Kaffee in einem der vielen Bistros oder einen kurzen Plausch schien immer Zeit zu sein. Lief man nicht gerade über den Champs Elysées, konnte man den Eindruck gewinnen jeden Moment einen Yves Montand mit einem Baguette und einer Zeitung unter dem Arm aus einem der kleinen, mit dem Hauch der der guten alten Zeit ausgestatteten Läden kommend oder Edith Piaf die Avenue hinunter tippeln zu sehen. Überhaupt schien die Symbiose von Alt und Neu recht gut gelungen zu sein, die Pariser machten keinen Hehl daraus, wie sehr sie die Vergangenheit liebten und wie stolz sie auf ihre Grande Nation waren. Vivre la vie war ihre Maxime und auch wenn die Geschichte manchmal recht turbulent mit ihnen verfuhr, so gingen sie doch davon aus, dass sich beim abendlichen Mahl alles zum Guten wenden würde. Paris blieb Paris und morgen würde ihr Leben wieder in den gewohnten, vom Weltgeschehen kaum beeinflussten, Bahnen verlaufen.

Gegen zehn überquerte ich den Boulevard Saint-Martin und bog wenige hundert Meter weiter rechts in eine der Nebenstraßen ein. Mir war aufgefallen, das der Anteil der Schwarzafrikaner in diesem Stadtteil deutlich zunahm und einige Afroshops weckten mein Interesse. Die Straße wirkte etwas schmuddelig, in den Hauseingängen standen kleine Gruppen Jugendlicher und unterhielten sich mit ausladenden Gesten. Die vollgepackten Shops mit ihren bunten Zeichnungen wirkten ziemlich verwirrend, besaßen aber ihren eigenen, exotischen Charme. Man war sich nie sicher, ob es sich nun um ein Lebensmittelladen, einen Friseur oder einen Elektogeschäft handelte, doch irgendwie hatte ich den Eindruck, das man überall das Gesuchte finden konnte.

Zwei voluminöse, afrikanische Frauen standen, mit ihren großen Einkaufstaschen, vor einem Schaufenster, welches neben Transitorradios, Trockenhauben und allerlei Krimskrams auch eine stattliche Menge an Konservendosen präsentierte. Ihre farbenfrohen, glänzenden Kleider mit den dazu passenden, turbanähnlichen Kopfbedeckungen, bildeten einen guten Kontrast zu der doch ziemlich eintönigen Gasse und übertrafen selbst die bunte Auslage bei Weitem. Ich zwängte mich an ihnen vorbei, überquerte einen träge vor sich hintümpelnden Kanal, beobachtete zwei Männer, die mitten auf einem Kreisverkehr vor ihren Fahrzeugen standen und lauthals diskutierten, offenbar hatte einer von ihnen, der mit seinem Renault eine Parklücke im Inneren des Kreisels verlassen wollte, den anderen übersehen. Außer einer eingedrückten Stoßstange und einem kleinen Kratzer war nichts passiert. Einige Autos mussten abbremsen, fuhren langsam, laut hupend, an den Streithähnen vorbei und auch ich setzte meinen Weg fort.

Schließlich erreichte ich einen Park, die Sonne kam zwischen den Wolken hervor und es schien mir an der Zeit eine

Pause einzulegen. Durch ein großes, eisernes Tor betrat ich den Park, entdeckte ein altes, reich verziertes Kinderkarussell mit weißen, wundervoll geschnitzten Holzpferden, wanderte durch die hügelige, sanft abfallende Anlage, vorbei an einem steinernen Wasserlauf mit großen, majestätisch wirkenden Zedern am Ufer und kam an einen Teich mit einer felsenartigen Insel in der Mitte. Eine stählerne Hängebrücke führte hinüber zu dem merkwürdigen Felsen auf dessen Spitze ein kleiner, tempelartiger Pavillon stand. Irgendwie kam mir das alles bekannt vor, es war der Parc des Buttes-Chaumont, den Louis Aragon in einem Buch beschrieb, das ich im vergangenen Jahr gelesen hatte. Und war das nicht die erwähnte Selbstmörderbrücke? Ich blickte, beim Überschreiten der Brücke, auf den See hinunter, der schon eine eigentümliche Anziehungskraft ausübte, bestieg den Felsen, genoss den schönen Ausblick, konnte Sacre Coeur im gleißenden Sonnenlicht bewundern und verließ den Felsen über eine zweite hohe Steinbrücke. An einer Grotte mit Wasserfall ruhte ich mich ein wenig aus und überlegte welche Richtung ich nun einschlagen sollte. Der kleine Pavillion hatte mir einen guten Überblick verschafft. Da der leicht ansteigende Stadtteil Montmartre weitaus attraktiver wirkte, entschied ich, mich gen Westen zu orientieren. Gerade als ich mich aufmachen wollte, sprach mich ein alter Mann an. Des Französischen nicht sonderlich mächtig, stammelte ich, »Parlez vous anglais?«, überzeugt davon das der weißhaarige, freundliche Mann dieses verneinen würde und seines Weges ziehen würde. Doch in einwandfreiem Englisch fragte mich der alte Herr, wie mir der Park gefalle. Ohne meine Antwort abzuwarten fuhr er fort über die Entstehungsgeschichte des Parks und seine vielfältige Botanik zu referieren. Ich erfuhr, das der Park zur Weltausstellung 1867 eröffnet wurde, das hier früher ein Steinbruch war und das der kleine Pavillion einen Tempel der Sybille, einer altertümlichen Prophetin, darstellte. Der nette, redsame Mann war Kanadier und war nach dem zweiten Weltkrieg in Paris geblieben, hatte geheiratet und eine zeitlang ein kleines Antiquariat besessen. Nach dem Tod seiner Frau kam er häufig hierher, fütterte die Enten und erinnerte sich an die sonntäglichen Spaziergänge mit ihr.

Immer wieder schoben sich vereinzelte Wolken vor die Sonne und tauchten die Parklandschaft in ein irreales Licht, es erinnerte an alte Schwarzweißaufnahmen oder verblichene Farbdias.

»Do you know Louis Aragon?«

Der alte Mann lächelte, strich sich mit der Hand nachdenklich über seinen Schnäuzer und begann von André Breton, den Surrealisten und den französischen Kommunisten zu erzählen. Ich musste zugeben, das ich bislang nur ein Buch von Louis Aragon gelesen hatte und jetzt wo ich hier war, konnte ich verstehen wieso der Maler Böcklin darin erwähnt wurde. Man konnte sich gut vorstellen wie weißgekleidete Frauen den Felsen hinunter kamen und die steinerne Brücke entlang schritten. Hinter den Büschen schienen ziegenfüßige Pane zu sitzen und die Szenerie zu beobachten oder auch nur gedankenversunken, an einer Zeder gelehnt, Flöte zu spielen. Der Park hatte etwas besinnliches, man spürte die Vergänglichkeit und zugleich strahlte er Zeitlosigkeit und Natürlichkeit aus. Die Zeit schien hier stillzustehen, noch immer standen die alten Gaslaternen und erinnerten an die Zeit als schwindsucht- und tuberkolosekranke Pariser hier Linderung ihres Leidens suchten. Vergangenheit und Gegenwart verschmolzen zu einer Atmosphäre, die die Hektik und den Lärm der Großstadt vergessen ließ. Beim Abschied empfahl mir der freundliche Mann noch den Besuch einer russischen Kirche ganz in der

Nähe und den Friedhof Père Lachaise etwas weiter südlich, der schon wegen der vielen Persönlichkeiten die dort beigesetzt wurden sehenswert sei. Lag da nicht auch Jim Morrisson begraben, fiel mir plötzlich ein, aber da ich nicht besonders in der Stimmung war in Kirchen oder auf Friedhöfen herum zu wandern, verließ ich den Park in Richtung Montmartre und inspizierte die nähere Umgebung rund um Sacre Coeur.

Es wimmelte nur so von Menschen, ständig kamen mir Gruppen mit den typischen Touristenaccessoires, wie Kamera, Stadtplan und Rucksack, entgegen und nahezu jeder Laden war gespickt mit Ansichtskarten und Souvenirs. Da ich die Basilika und den nahegelegenen Place du Tertre schon zu Beginn meines Aufenthaltes in Augenschein genommen hatte, wandte ich mich nun Richtung Norden und blieb schließlich erschöpft auf einer Bank sitzen. Im Schatten der großen Bäume beobachtete ich die Kinder, die ausgelassen auf dem kleinen Spielplatz tobten, während ab und zu ein Auto die Straße entlang schlich, die die kleine Grünanlage, von alten, sechsstöckigen Bürgerhäusern gesäumt, umrundete. Am südlichen Kopfende der Anlage öffnete sich der Häuserblock und gab den Weg frei auf die nächstgrößere Straße. Vom vielen Laufen taten mir die Füße weh und der Gedanke an die lange Wegstrecke zurück zum Hotel war auch nicht dazu angetan mich aufzuheitern. Nachdem ich eine Weile dagesessen hatte und darüber nachgedacht hatte, wie ich die letzten Stunden in Paris verbringen sollte, wurde es langsam kühler. Ich stand auf und ging der untergehenden Sonne entgegen, die nur ab und an zwischen den Häuserzeilen hindurchblinkte. Noch hatte ich knapp zehn Francs, das würde für einen kleinen Snack und die Métro reichen und ich würde Morgen früh noch Milch und ein Baguette bekommen. Trotz schmerzender Füße, sicherlich hatte ich mir längst ein paar Blasen gelaufen, bestieg ich mit frischem Elan wieder den Montmartre, setzte mich auf die Stufen zur Sacre Coeur, überblickte die Stadt, die sich endlos vor mir ausbreitete und stieg bei Dunkelheit eine der langen Stufen mit den mittigen Handläufen hinab um mich die schmalen Gassen zum Boulevard de Clichy durchzuschlagen.

Nach kurzer Zeit ärgerte ich mich über meine Angewohnheit immer neue Wege zu erkunden. Immer wieder bog ich ab und irrte kreuz und quer durch das Viertel. Ein paar Mal hatte ich den Boulevard schon im Blick gehabt, doch dann schien mir die nächste Gasse wieder verlockender und jetzt war es schon fast zehn. Ich stolperte eine der engen Gassen hinunter, vorbei an einigen, in den Hauseingängen stehenden Damen in knappen Miniröcken und hochhackigen Schuhen und schaute etwas verdutzt zur Seite, als mich eine der Damen mit einer auffallend tiefen Stimme ansprach, erblickte eine Schwarze mit einer riesigen Afroperücke, Federboa und Strapsen, die knapp unterhalb ihres rosafarbenen Minirocks endeten. Noch leicht verblüfft, grinste ich sie an und winkte ab. Ich wüsste gar nicht, was ich verpasse und solle doch mal etwas neues ausprobieren, raunte sie mir zu und warf mir, jetzt wesentlich unfreundlicher, ein paar unverständliche Worte hinterher, als ich meinen Weg fortsetzte ohne zu reagieren. Einige Meter weiter trat eine wesentlich femininerer Blondine auf mich zu. Sie hatte die Szene beobachtete und sprach mich dezenter und mit einem mütterlichen Tonfall an. Ich schätzte sie auf Mitte dreißig, als sie ihr mittellanges blondes Haar zur Seite schob und mich freundlich anlächelte. Sie war viel eleganter, ihr blaues Kostüm ließ ihre wohlgeformte Oberweite nur erahnen, fiel geschmeidig über ihre Hüften und endete knapp über ihren, von schwarzen Nylons bedeckten, Knien.

Eindeutig weiblich, dachte ich, konnte aber nur wenige Worte verstehen.

»Bon soir .... belle ami ... chambre ...«, obwohl mir klar war was sie wollte, blieb ich stehen.

»Sorry, I don't speak french.«

In gebrochenem Englisch wiederholte sie ihr Anliegen und ich teilte ihr freundlich mit, das ich kein Geld habe und nur die nächste Métrostation suche. Im Augenwinkel konnte ich erkennen, das die schwarze Boaqueen uns beide nicht aus den Augen ließ und rechnete jeden Moment mit einem nüchternen »Goodbye!« Doch die hübsche Blondine machte keineswegs einen enttäuschten Eindruck, strich mir sanft über den Arm und meinte, das wäre kein Problem, es wäre sowieso noch früh und eine gute Gelegenheit ihre Englischkenntnisse etwas aufzubessern. Ihr apartes Wesen sowie die neugierigen Blicke der schwarzen Transe ließen mich noch ein wenig verweilen. Sie fragte woher ich komme, wie mir Paris gefalle, erzählte von ihrem kleinen Sohn und dass es früher alles besser gewesen sei, zeigte mir den Weg zur nächsten Métrostation, verabschiedete sich mit Handschlag und dem Hinweis das sie Yvette hieße und sich freuen würde, mich einmal wiederzusehen.

Wenig später stand ich am Boulevard de Clichy, links leuchtete mir das Moulin Rouge entgegen und rechts ging es zum Place Pigalle. Ich schlürfte den bunt beleuchteten Boulevard entlang, wich ein paar betrunkenen Männern aus, die gerade in Begriff waren, einen der anliegenden Sexshops zu betreten und stand vor dem weltberühmten Moulin Rouge. Außer der roten Mühle erinnerte wohl nichts an die Zeiten von Toulouse Lautrec und auch Henry Miller dürfte Clichy etwas anders erlebt haben. An einem Kiosk kaufte ich mir eine Cola und einen Schokoriegel, wanderte auf dem mit Bäumen bestückten Mittelstreifen zum Place Pigalle, setzte mich ein letztes Mal auf eine der Bänke und ließ die Eindrücke des Tages an mir vorüberziehen. In hohem Bogen warf ich die Coladose in einen Abfallkorb und stieg die Stufen zur Métro hinab.

Ich hatte Paris erlebt, selbst wenn meine Eindrücke sehr subjektiv waren, nur einen kleinen Ausschnitt repräsentierten, so hatte ich doch eine Ahnung davon erhalten, was das Flair dieser berühmten Metropole ausmachte und auch wenn mir die Blasen an den Füssen noch zu schaffen machen würden, morgen säße ich im Zug nach Hause und könnte mir endlich, bei einem schönen Bier, den Bauch vollschlagen.

Der Ausbruch

Ich hatte keine Ahnung wie ich in diese Situation geraten bin. Hier saß ich nun, in einem kleinen Zimmer mit Drahtgitter vor dem Fenster und blickte in eine verschneite Landschaft. Noch acht Stunden bis zum Ausgang.

Offener Vollzug, Nervenheilanstalt oder Dissidentenlager? Wer oder was hatte mich hierher gebracht?

In der Ferne konnte ich ein paar Pickups vorüberfahren sehen, ansonsten war alles still. Kein Vogel war am Himmel zu sehen und der Schnee vor dem Haus schien jungfräulich zu sein. Nichts deutete auf Leben hin, kein Hund bellte, kein Geräusch war zu hören.

Sicherlich könnte ich ein paar Stunden ins Leben zurückkehren, ein Restaurant besuchen, einen Bummel durch die Stadt machen oder durch rießige Supermärkte schlendern, aber alles wirkte irgendwie künstlich, wirkte irreal und immer war ich allein – oder träumte ich das nur?

Ich mußte hier raus, mit jemandem sprechen und mein Lachen wieder finden, aber wie? Weder wußte ich, wie ich hierhin gekommen war, noch wer mich hier gefangen hielt, doch selbst die Aufmerksamkeit der Wärter schien äußerst gering zu sein. Ich schlich mich aus dem Haus, keine Tür war verschlossen, aber der frische Schnee würde jede meiner Bewegungen dokumentieren. Bloß keine Spuren hinterlassen, dachte ich und versuchte mit wenigen Sprüngen die Veranda des Nachbarhauses zu erreichen. In der Einfahrt stand ein silberner Toyota, der Schlüssel steckte und nirgends war ein

Lebenszeichen zu erkennen. Wurde ich beobachtet, war das alles eine Falle? Egal, ich musste die Chance ergreifen und wenigstens für ein paar Minuten das Gefühl der Freiheit spüren.

Schnell schwang ich mich hinter das Steuer und lenkte den Wagen in Richtung Bundesstraße auf der ich die Pickups gesehen hatte. Ständig blickte ich in den Rückspiegel, doch niemand schien mich zu verfolgen. Ohne Zwischenfälle erreichte ich die Straße, bog ein und gab Gas. Egal wohin, Hauptsache weg von hier. Die Straße zog sich schnurgrade, Kilometer für Kilometer wurde ich ruhiger, die schneebedeckte Landschaft wandelte sich in endlose Ebenen, fahlgelbes Gras so weit das Auge reichte. Noch immer keine Spur von Verfolgern und hin und wieder kamen mir Autos entgegen. Ich fuhr immer weiter, bis ich bemerkte, dass der Sprit zur Neige ging. Ich steuerte eine Tankstelle an, ein großes Gebäude aus rotem Backstein. Während der Tankwart den Tank auffüllte, beschloss ich, mich ein wenig umzusehen. In dem Gebäude war ein orientalischer Bazar, Menschen, sie liefen kreuz und quer, unterhielten sich, handelten oder fluchten über die Preise. Stimmengewirr, Gedränge, Leben, ich tauchte ein in dieses Gewirr und sog es mit allen meinen Sinnen ein. Stimmen, Geräusche, Gerüche, wie lange hatte ich das alles vermisst.

Durch ein kleines Tor erblickte ich ein altbekanntes Gebäude, ich war zu Hause, aber sie würden mich suchen, ich konnte nicht in meine Wohnung. Also beschloß ich mir ein Zimmer zu mieten und in Ruhe darüber nachzudenken, wie es weiter gehen sollte. Am Bahnhof schien es mir gerade recht, hier gab es Reisende, viele unbekannte Gesichter und ich konnte notfalls schnell verschwinden, einen Zug besteigen und in ein neues Universum reisen.

Ich verbarrikadierte mich in meinem kargen Zimmer und

beobachtete meine Wohnung. Nichts ungewöhnliches, keine verdächtige Person, die um das Haus schlich. Sollten die tatsächlich vergessen haben, meine Wohnung observieren zu lassen? Ich sah einen alten Schulfreund die Straße entlang laufen, wie gerne hätte ich ihn begrüßt und ein paar Neuigkeiten ausgetauscht, aber es war noch zu früh dafür, sie konnten überall auf mich lauern. Wer waren die überhaupt und was wollten die überhaupt von mir? War ich etwa paranoid? Wie bin ich eigentlich in diese Situation geraten?

Je länger ich nachdachte, desto klarer wurde mir, das ich hier nicht bleiben konnte.

Ich brauchte einen Plan, wie sollte ich überhaupt das Zimmer bezahlen? Aufgeregt wühlte ich in meinen Taschen und warf alles aufs Bett. Scheckkarte, Kleingeld, Feuerzeug, Tabak, Autoschlüssel. Scheiße, der Tankwart, wahrscheinlich hatte der schon längst alle Hebel in Bewegung gesetzt diesen bekloppten Fahrzeughalter zu finden.

Ich rannte die Treppe hinunter, an dem aufgeschreckten Portier vorbei, hetzte durch den Bazar und fand mich plötzlich umringt von blinkenden Streifenwagen auf der Tankstelle wieder. Der Tankwart erblickte mich und fing an wild zu gestikulieren und drei vermummte GSG-9-Beamte sprangen mit angeschlagenen Maschinenpistolen auf mich zu. Mit einem großen Satz sprang ich über ein parkendes Golf-Cabrio und knallte mit voller Wucht auf die Tischkante.

Scheiße, ich sollte echt die Finger von diesen bunten Pillen lassen.

Das Licht

Die Stadt lag in der Stille der Nacht, der Schnee schien jedes Geräusch zu ersticken, nur ab und zu fegte eine Windböe den feinen Schnee durch die Straßen und wirbelte ein paar Papierfetzen durch die Luft. Der schwache Schein der Straßenlaternen bildete kleine Lichtinseln in der Dunkelheit und suggerierte die trügerische Hoffnung auf etwas Wärme. Früher war es hier einmal ganz anders, die Straßen waren belebt, bis spät in die Nacht. Vor den Pubs standen Gruppen von Jugendlichen im Schein der grellen Neonlichter, prosteten sich zu und rauchten. Ihr Lachen erfüllte die Straße und jedes Mal, wenn sich die Türen öffneten, schallte einem laute Rock- oder Discomusik entgegen. An der Ecke war ein kleiner Imbiss, der bis spät in die Nacht umlagert wurde, kleine Handwerksbetriebe wechselten sich mit Wohnhäusern und vereinzelten Geschäften ab, doch das war lange her. Die Straße wurde verbreitert, die Betriebe zogen an die Peripherie, die Wohnhäuser verfielen zusehens und jeder der es sich leisten konnte, zog in eine bessere Wohngegend. Die Wirtschaftskrise gab der Straße den Rest, immer mehr Läden und Pubs schlossen, neue Gesetze wie das Rauchverbot oder die schärferen Kontrollen der Öffnungszeiten ließen auch die treuesten Stammkunden immer seltener kommen. Heute zeugen nur noch die kaputten Leuchtreklamen und abblätternde Schriftzüge an den Hausfassaden von der einstigen Betriebsamkeit.

Es begann wieder zu schneien. Die Schneeflocken schienen aus dem Nichts zu kommen, wehten, im Schein der Laternen, kreisend nieder und fielen sanft auf die notdürftig geräumte Straße, an deren Ende, im dritten Stock, ein Licht einsam brannte. Es brannte Tag und Nacht, Tag für Tag und kaum einer der wenigen Passanten nahm Notiz davon. Er schlug den Kragen hoch, überquerte die Straße, lief an dem längst verlassenen Imbiss vorbei und erreichte nach zehnminütigem Marsch durch verkrustete Schneefurchen und über spiegelglatte Einfahrten seine Wohnung.

Ein paar Tage später schlug er die Zeitung auf. Das Licht am Ende der Straße hatte seinen Grund, die Polizei hatte den Mieter tot in seiner verwahrlosten Wohnung aufgefunden, er war friedlich neben ein paar Flaschen Bier und einer leeren Flasche Wacholder verstorben und lag schon einige Tage dort. Der Mann war arbeitslos, Alkoholiker, hatte kaum Kontakte, er lebte sehr zurückgezogen, sagten seine Nachbarn, seine Frau hatte ihn schon vor Jahren verlassen. Kein Einzelfall, aber doch selten genug, um sich nur kurz über die soziale Kälte zu echauffieren und sich gleich wieder dem Tagesgeschehen zuzuwenden. Wahrscheinlich einer, der mit dem Leben nicht zurecht kam, nichts gelernt hatte und wohl auch nicht sonderlich beliebt war, eben ein Asozialer, der der Gesellschaft nur auf der Tasche lag und nur allzu gern den Verlockungen des Alkohols erlag.

Er legte die Zeitung beiseite, räumte den Frühstückstisch ab und machte sich auf den Weg zur Arbeit. Am Wochenende würde er auf eine Party gehen, alte Freunde treffen und das Leben geniessen, doch bis dahin musste er noch drei Tage an seinem Schreibtisch verbringen und Akten wälzen.

Das Wochenende brachte Tauwetter, der Schnee schmolz, hinterließ schmutzig graue Streifen an den Straßenrändern entlang und auf den Gehwegen kam grober Split auf den Betonplatten zum Vorschein. Die Party war in vollem Gange als er eintraf. Er war, wie immer, einer der letzten und setzte sich gleich zu ein paar guten Freunden, die in der Essecke saßen und Urlaubserinnerungen austauschten. Es wurde viel gelacht und reichlich Bier getrunken. Plötzlich wurde es ernst am anderen Ende des Tisches.

»Habt ihr das in der Zeitung gelesen? War das nicht der Typ, der damals im Casablanca gejobt hatte? Mein Gott, ist das lange her.«

Es stellte sich heraus, dass der ein oder andere den Toten von früher kannte.

»Hat der nicht Elektrotechnik studiert?«

»Ja, der war doch nach seinem Studium in München geblieben, hatte ein kleines Unternehmen aufgebaut und ziemlich schnell geheiratet! Muss recht erfolgreich gewesen sein, war jedenfalls viel in den USA unterwegs, hatte ein schönes Haus in Schwabingen.«

»Und seit wann war er wieder hier?«

»Keine Ahnung, wahrscheinlich seit er Pleite war.«

»Meinst du er hat sich übernommen, der war doch immer so korrekt?«

»Ich habe ihn einmal getroffen und hörte ein paar Kunden hätten ihn übers Ohr gehauen. Nachdem ihn seine Frau auch noch verlassen hatte, war er nicht mehr der Alte, die muss ihn auch ganz schön abgezogen haben.«

»Schon scheiße, so ein Tod!«

Das Gespräch endete abrupt, als die nächste Runde Bier den Tisch erreichte.

Der Tod ist immer scheiße, dachte er, gibt es überhaupt einen tollen Tod? Er konnte sich nicht vorstellen, das die Soldaten auf den Schlachtfeldern ihren Tod als ehrenvoll empfunden haben, das die alten und kranken Menschen, die in den Krankenhäusern und Heimen dahinsiechen, ihren Tod als schön empfanden, das jemand, der plötzlich aus dem Leben gerissen wird, daran denkt einen guten Abgang zu haben oder das ein Mensch der verzweifelt seinem Leben ein Ende setzt einen Gedanken daran verschwendet, wie sein Tod von der Nachwelt empfunden wird. Wir können uns nicht aussuchen wie wir sterben und doch beurteilen wir Menschen, die wir nicht wirklich kannten, nach ihrem Tod. Haben wir nicht alle unser eigenes, individuelles Schicksal, mit Freud und Leid, mit Glück und Verzweiflung und sind es nicht gerade diese Momente, die unserem Leben eine andere Wendung geben können? Was wäre geschehen, wenn er nicht Pleite gegangen wäre, wenn seine Frau ihn nicht verlassen hätte? Hatte er eigentlich Kinder?

Während er in Gedanken versunken sein Bier anstarrte, machten sich die anderen über das immer spärlicher werdende Buffet her. Am Kamin saß eine kleine Gruppe, die sich ausführlich mit den Problemen ihres Nachwuchses und deren erfolgreiche Aufzucht beschäftigten und aus dem Flur drang der Klang von klirrenden Bierflaschen und lautem Lachen herüber. Man kannte sich, aus gemeinsamen alten Zeiten, durch gemeinsame Bekannte oder auch nur vom Sehen, ein kleiner Kosmos in dem der ein oder andere Stern kurz auffunkelte, während ein anderer bereits verglüht war und eine Lücke hinterließ. Er schloss sich den anderen an und schaufelte sich ein paar Reste auf den Teller.

Draußen schob sich der Mond hinter einer kleinen weißen Wolke hervor, leuchtete, mit einem kleinen Hof, fahl über der kleinen Stadt und ein paar Sterne funkelten auf die einsamen Straße über die verloren eine Zeitung wehte, sich sanft auf einen kleinen Schneehügel am Fuße einer Laterne senkte.

Der Stuhl

Den Rücken leicht nach hinten gebogen, die Arme weit geöffnet, so stand er da, jeden bereitwillig empfangend, der sich auf ihm niederzulassen geneigt war.

Er war schon sehr alt, sein Beine waren von zahlreichen, winzigen Löchern bedeckt und seine Lehnen waren abgeschabt und wiesen, abgesehen von den bereits erwähnten vielen Löchern, auch einige Dellen und Kratzer auf. Das abgewetzte Leder, dem es mittlerweile an Spannkraft fehlte und dessen Geschmeidigkeit längst der trockenen, rissigen Struktur des Alters gewichen war, hatte so manchem Gast Bequemlichkeit verschafft. Nicht nur die Holzwürmer hatten an ihm genagt, auch der Zahn der Zeit hatte seine Spuren hinterlassen. Die geleimten und mit Zapfen versehenen Verbindungen hatten im Laufe der Jahre mehr und mehr nachgelassen und sein Rücken hatte dem ständigen Druck Tribut gezollt. Immer häufiger kam es vor, das er seinen Dienst unter lautem Ächzen und Stöhnen versah und seine wackeligen Beine den Gast nur noch mit Mühe tragen konnten, doch das war schon lange her.

Er hatte auch bessere Tage gesehen. Damals, als er strahlend, mit glänzendem Leder und frisch lackiert in der Auslage eines renommierten Möbelhauses stand und er die Aufmerksamkeit eines graumelierten Magistrats in feinstem Zwirn auf sich zog. Jahrelang stand er hinter einem wuchtigen, dunkelbraunen Schreibtisch aus massiver Eiche und sein gebeiztes Eichenholz überzeugte jeden Betrachter davon, das er schon immer dahin gehörte. Sicherlich blieb dem Experten nicht verborgen, das seine schlichte Eleganz und sein makelloses Aussehen von einem späteren Entstehungsdatum herrührte, doch die sanft geschwungenen Armlehnen und die leicht gebogene Linienführung seinen Rückenlehne machten ihn zu einem zeitlosen Klassiker und anmutigen Blickfang.

Nicht selten strich der Herr Magistrat anerkennend über das polierte Holz und ließ sich mit einem tiefen Seufzer in die Lehne sinken. Manch´ bedeutsames Dokument wurde auf ihm verfasst, manch´ wichtige Unterschrift geleistet und auch wenn eines der Enkelkinder stolz auf den Schoß des freundlichen, wenn auch ernsten Magistrats kletterte, ließ er nicht das leiseste Knarren verlauten. Sein mit dunkelbraunem Rindsleder gepolstertes Sitzkissen gab sanft dem Druck nach und die kräftigen Sprungfedern hielten jedem Gewicht stand. Die Jahre vergingen und auch als der Herr Magistrat immer gebrechlicher wurde und nur noch hin und wieder hinter seinem Schreibtisch Platz nahm, sah man dem Stuhl sein Alter nicht an. Noch immer stand er stolz, dem großen, von schweren bordeauxroten Vorhängen eingefassten Fenster den Rücken zugewandt, hinter dem verwaisten Schreibtisch, bereit jeder Zeit seine Arbeit wieder aufzunehmen. Eines Tages wurde der alte Magistrat mit einer schweren Lungenentzündung ins Krankenhaus gebracht. Der alte Magistrat kehrte nicht wieder zurück und der Stuhl blieb einsam und allein hinter dem wuchtigen Schreibtisch stehen.

Während vor dem Fenster die Jahreszeiten vorüberzogen, Bauarbeiter neue Leitungen verlegten und der Verkehr auf der Straße immer weiter zunahm, wurde er hin und wieder von dem Dienstmädchen abgestaubt und manchmal kam der Sohn des Hauses vorbei um nach dem Rechten zu sehen.

Es wurde wieder einmal Frühling, im Haus war überall ein Rumpeln und Klappern zu hören und im Strahl der Sonne, der durch die halb zugezogenen Vorhänge fiel, tanzte der aufgewirbelte Staub auf und ab. Plötzlich öffnet sich die Tür und zwei Möbelpacker begannen damit die alten Gemälde von den Wänden zu nehmen. Der Stuhl wurde hin und her gerückt und schließlich mit zahlreichen Möbeln, einigen Kisten voller Bücher und dem alten Schreibtisch in einen Lieferwagen gezwängt. Die Plane wurde heruntergelassen und während der Lieferwagen holpernd die Straße entlang fuhr und sich in jeder Kurve leicht neigte, verrutschten im dunklen Inneren Decken, rieb Holz an Holz und quietschte und knarrte es in einer Tour. Nach zahlreichen Stößen wurde der Stuhl in einen Patanoster gestellt und fand sich schließlich in der zweiten Etage neben einem kleinen, mit einer orientalischen Vase geschmückten, Tischchen wieder. Hin und wieder nahm ein Gast des Hauses auf ihm Platz, doch meist sah er die Menschen nur achtlos an ihm vorüber ziehen. Sicher, sein poliertes Holz glänzte nicht mehr so wie einst und die kleinen Dellen und das leicht abgewetzte Leder ließen ihn schon etwas betagter aussehen, aber noch immer machte er einen ganz passablen Eindruck neben dem runden, mit Intarsien verziertem Tischchen. Es war etwas enger als hinter dem großen Schreibtisch und hin und wieder stieß seine Lehne an die holzvertäfelte Wand oder ein eiliger Herr schlug, beim Verlassen der Wohnung, die Tür gegen ihn. Ab und zu, wenn die Herrschaften nicht zugegen waren, legte das Dienstmädchen den Staubwedel auf den kleinen Tisch, ruhte sich auf ihm ein wenig aus und genoss es ihre Beine auszustrecken, die Augen zu schließen und sich in die Arme ihres Geliebten zu träumen. Immer seltener kamen Gäste und wenn einmal ein männliches Mitglied der Familie durch die Tür kam, was seit geraumer Zeit auch nicht so häufig vorkam, dann wurde der Raum von schweren Stiefeln erschüttert.

Es war eine ruhige Zeit, die Damen des Hauses, die eher selten seine Dienste beanspruchten, sprachen häufig in einer gedämpften Stimme und ließen hier und da einen Seufzer vernehmen, nur selten hallte ein kindliches Lachen durch die Räume. Einmal, es war im Spätsommer, brachte der Postbote einen Brief als die gnädige Frau das Dienstmädchen zum Bäcker geschickt hatte. Sie öffnete den Brief, überflog hastig die Zeilen und sank laut schluchzend auf den Stuhl nieder, während der Brief ihren Händen entglitt, sanft am Stuhlbein entlangsegelte und von einem leichten Windstoß erfasst unter dem Stuhl, auf den schwarzweißen Fliesen, zu liegen kam. Schnell eilten die beiden Mädchen ihrer Mutter zur Hilfe und begannen herzzerreißend zu weinen, nachdem auch sie die Zeilen gelesen hatten. Der jüngste Sohn saß nie wieder auf dem Stuhl, er war wie viele seiner Altersgenossen auf dem Schlachtfeld von Verdun elend verendet und hinterließ seiner trauernden Familie nur einen blechernen Orden als vaterländische Anerkennung seines Heldenmutes.

Bald gab es keine Stiefel mehr und wieder wurde der Stuhl von Herren in Beschlag genommen, mal in aller Ruhe die Zeitung studierend, mal Zigarre rauchend heiß debattierend. Mit der Zeit gab es auch wieder größere Gesellschaften, dann musste das Dienstmädchen, das nur noch halbe Tage kam, länger bleiben und manchmal kam es sogar vor, das einer der beiden übrig gebliebenen Söhne nach einer durchzechten Nacht auf dem Stuhl einschlief oder gar die Nacht auf ihm verbrachte, wenn nicht noch jemand zu späterer Stunde Heim kam.

Irgendwann fiel auf das die Familie immer seltener das Haus verließ. Auch die Zahl der Gäste, die gewogenen Schrittes an dem Stuhl vorüberzogen, ließ merklich nach. Der älteste Sohn hatte geheiratet, die jüngste Tochter war mittlerweile auf einem Internat für gehobene Töchter in der Schweiz und lediglich der Hausherr nahm gelegentlich die Gastfreundschaft unseres Stuhls in Anspruch. Überhaupt fiel auf, das die Gesichter der Menschen, die noch ein und aus gingen immer ernster wurden. Wenn im anliegenden Esszimmer gespeist wurde, drehten sich die Gespräche immer häufiger um Politik, Freunde und Bekannte, die ausgewandert oder plötzlich verschwunden waren oder einfach den Kontakt abgebrochen hatten und auf der Straße kaum noch grüßten. Das Leben schien der Familie nicht gerade wohlgesonnen und als der älteste Sohn seine Absicht erklärte nach Amerika auszuwandern und die Familie drängte ebenfalls das Land zu verlassen, verwaiste der Stuhl zusehens. Manchmal war die Stille geradezu unerträglich und doch hielt der Hausherr daran fest,es würden auch wieder andere Zeiten kommen. Schließlich war sein Vater Magistrat gewesen und hatte hohes Ansehen genossen. Auch er hatte viele Bekannte unter den Honorationen der Stadt und in seinem Alter noch einmal von vorn anfangen, in einem fremden Land ohne großartige Sprachkenntnisse kam für ihn nicht in Frage. Doch immer häufiger nagten Zweifel an ihm und er las, wehmütig auf dem Stuhl sitzend, die Biefe seines Sohnes.

Eines trüben Herbstages hallten wieder einmal Stiefel durch den Hausflur. Ein paar, in langen Ledermänteln und mit dunklen Hüten bekleidete Herren betraten die Wohnung und polterten herum, doch diesmal wurden keine Möbelstücke hinausgetragen. Die Herrschaften wurden aufgefordert ein paar Habseligkeiten zu packen und zogen gebeugten Hauptes, nur mit dem notdürftigsten bepackt, an dem Stuhl vorüber. Ein

Koffer scharbte an dem Stuhl entlang, eine Schnalle hinterließ einen leichten Kratzer am Stuhlbein. ein schwerer Ledermantel schubste den Stuhl gegen den kleinen Tisch. Die Tür fiel zu laut ins Schloss, noch war ein lautes, wirres Trampeln auf den gebohnerten Stufen zu hören, ein LKW-Motor sprang mit tiefen Röhren und Rattern an und entfernte sich langsam, dann war Ruhe.

Tage später kamen ein paar Männer, durchsuchten die Wohnung, verpackten alle Wertsachen und ließen die Kisten, gemeinsam mit einigen Möbelstücken, abtransportieren. Die große Wohnung wirkte nun kalt und leer, alle Teppiche waren verschwunden, nur wenige Möbel standen noch verloren in den hohen, hallenden Räumen. Die Vase auf dem runden Tisch war verschwunden und der Stuhl lag einsam in der gegenüberliegenden Ecke.

Die neuen Mieter stellten den Stuhl an den Kopf des Küchentisches. Jetzt saß der dicke, kräftige Familienvorstand auf ihm, ermahnte seine Kinder regelmäßig während der Mahlzeiten zu schweigen, kommandierte seine Gemahlin herum, streckte sich nach dem Mahl, zündete sich eine Zigarre an, während er selbstherrlich in die Runde blickte und ließ sich von seiner Frau einen verzinkten Aschenbecher mit einen großen Hakenkreuz in der Mitte bringen.

Bald jedoch musste die Familie ihre große Wohnung mit einem alten, ostpreußischen Ehepaar samt Tochter und Enkelkind teilen. Die Frauen saßen nun oft in der Küche zusammen, schälten Kartoffeln und jammerten über die schweren Zeiten. Immer häufiger heulten schrille Sirenen auf, schnell wurden ein paar wichtige Papiere, Schmuck und einige Kleinigkeiten zusammengerafft und alle Bewohner zogen sich in die Kellerräume zurück. Der Stuhl blieb, oft mit einer hastig über die Lehne geworfene Schürze, in der dunklen Küche stehen und wurde nach kurzer Zeit wieder in Beschlag genommen. Immer länger verweilten die Hausbewohner in den Kellerräumen. Manchmal wurde die Küche von kurzen Lichtblitzen erhellt und der Stuhl erzitterte, während dumpfe Einschläge das Haus erbeben ließ. Längst standen gepackte Koffer bereit, die beim ersten Sirenenton eiligst in den Keller getragen wurden und der dicke Mann stampfte, in brauner Knickerbocker, beigen Hemd mit Kordel und roter Armbinde, gewichtig durch den Hausflur und organisierte laut bölkend den Rückzug. Einmal war es so schlimm, das der Stuhl vollkommen von dem herabfallenden Putz der Decke bedeckt wurde und das Fenster von lodernden Flammen erhellt wurde. Als die lauten Detonationen nachließen, kam der dicke Mann keuchend die Treppen hochgehetzt, blickte sich ein paarmal verunsichert um, wühlte schnaufend in der großen Truhe, die neben der Tür stand, zog die große, rote Fahne mit Hakenkreuz hervor, die sonst häufig vor dem Wohnzimmerfenster wehte, ergriff ein paar Dokumente, ein Portrait, das er gleich beim Einzug über das Radio gehängt hatte und stürzte in die Küche. Nachdem er das Küchenfenster geöffnet hatte, blickte er in den Hinterhof und warf, nachdem er sich davon überzeugt hatte, das kein Mensch zu sehen war, alles auf den brennenden Schuppen, der von herabfallenden Holzbalken des Hinterhauses entzündet worden war. Beim Verlassen der Wohnung, fiel sein Blick auf den Stuhl und die Schürze der alten Dame. Er taste die Schürze ab, zog einen Schlüssel aus der breiten Schürzentasche und betrat das Zimmer des Ehepaares. Als er zurückkam, ließ er den Schlüssel wieder in die Schürzentasche gleiten, stolperte zurück in den Keller. schickte die Frauen und Kinder in die Wohnungen zurück und organisierte mit den wenigen, übriggebliebenen, alten Männern die Brandbekämpfung.

Wenige Tage später ratterten schwere Panzerketten über die Straße, der dicke Mann wurde abgeholt, seine Frau saß weinend auf dem Stuhl, wischte sich die Tränen an der blaugestreiften Schürze ab und drückte ihre beiden Kinder an sich.

Das alte Ehepaar suchte verzweifelt nach ein paar silbernen Serviettenringen und einer goldenen Uhr, während ihre Tochter, das Baby auf dem Arm haltend, in der Küche hin und her lief und versuchte die weinende Frau zu beruhigen.

Nach ein paar Wochen kehrte der dicke Mann zurück, deutlich abgemagert nahm er wieder den Stuhl in Beschlag, klagte über seine alte Kriegsverletzung, die ihm wieder einmal zu schaffen machte und über die Ungerechtigkeit der Welt. Immer häufiger verschwanden Dinge des Haushaltes und wurden gegen eine Handvoll Lebensmittel eingetauscht. In besonders harten Wintern, fielen auch einige Möbelstücke dem Feuer zum Opfer, doch der Stuhl überstand auch diese Zeit, dank seiner robusten und gut verarbeiteten Struktur.

Die Kinder wuchsen heran, das alte Ehepaar, ihre Tochter und das mittlerweile dreijährige Mädchen, das häufig von Atemnot geplagt wurde, hatten die Wohnung längst verlassen, als sich der dicke Mann aufraffte, die Wohnung notdürftig zu renovieren. Nach und nach füllte sich die Wohnung mit einigen neuen oder gut erhaltenen, gebrauchten Möbelstücken und nachdem der Stuhl einen braunen Farbanstrich erhalten hatte und sein Leder einer ausgiebigen Fettbehandlung unterzogen wurde, fand er sich vor dem kleinen Schreibtisch des Sohnes wieder.

Langsam änderten sich die Zeiten. Auf der gegenüberliegenden Straßenseite schossen neue Mehrfamilienhäuser mit Ladenzeilen im Erdgeschoss hoch. Schon bald war das Haus eines der letzten alten Gebäude in der Straße. Der Sohn studierte mittlerweile in einer anderen Stadt und die Tochter zog mit einem Besatzungssoldaten in die Fremde. Schließlich packten auch der dicke Mann und seine Frau ihr Hab und Gut und ließen den Stuhl in der leeren Wohnung zurück.

Ein Jahr stand er nun einsam und verlassen in der kahlen Wohnung, bis ein paar langhaarige Jugendliche das Haus besetzten, die Wände mit Parolen und merkwürdigen Symbolen bemalten, einige Matratzen und Sitzgelegenheiten verteilten und abends bei Bier, Wein und Musik zusammensaßen, die Gesellschaft kritisierten und wilde Diskussionen über Konsumverweigerung, Widerstand und alternative Lebensweisen führten. Während es um den Stuhl immer wohnlicher wurde, gingen immer mehr Langhaarige ein und aus, verbarrikadierten sich und hängten große Transparente aus den Fenstern, während auf der Straße Polizeitrupps vorfuhren. Der Stuhl stand mittlerweile an einem langen, flachen Tisch auf dem überquellende Aschenbecher, leere Bierflaschen und Räucherstäbchen standen. Die Wände waren teilweise mit großen Tüchern verhängt, neben einem Poster von Che Guevara hingen Jimi Hendrix, Bob Dylan und die Doors. Auf einem Brett an der Wand standen einige Bücher von Marx und Engels, gleich neben einer kleinen Buddhastatur und während der Raum vom süssen Rauch eines herumkreisenden Joints erfüllt wurde, fletzte sich ein hagerer, bärtiger Typ mit Flickenjeans und knöchelhohen, fransenverzierten Wildlederboots auf dem Stuhl, krempelte das bestickte, marokkanische Hemd hoch und drückte sich eine Spritze in die Arterie. Die zahlreichen wilden Parties gingen nicht spurlos an dem Stuhl vorüber. Seine Armlehnen wiesen einige Brandspuren von achtlos ausgedrückten Zigaretten auf und die Rückenlehne gab immer mehr nach.

Schon lange gab es keine Auseinandersetzungen mit der Polizei mehr, die Transparente waren abgehängt und die wilden Parties ließen auch nach. Die neuen Bewohner begannen nach und nach den Haushalt zu regeln, hängten Küchenpläne an die Wand und schleppten große Pakete mit der Aufschrift IKEA die Treppen hoch. Neben dem Stuhl entstanden aus Brettern, Dübeln und Schrauben neue Möbel und eines Tages fand sich unser Stuhl, neben alten Teppichen, rampunierten Bettgestellen und altem Hausrat, auf der Straße wieder.

Ein Trödelhändler erbarmte sich des Stuhls, lud ihn auf einen klapprigen Bulli mit offener Ladefläche und brachte ihn in eine kleine Werkstatt. Er beizte die Farbe ab, schliff so lange, bis das edle Eichenholz nahezu seine ursprüngliche Farbe wiedererlangte, beizte das Holz mit einem warmen leicht braunen Farbton, verleimte die lockeren Verbindungen neu und lackierte den Stuhl anschließend. Selbst das Leder war nach einer gründlichen Behandlung wieder recht ansehnlich und die abgewetzte, leicht stumpfe Struktur verlieh ihm eine antike Würde. Als der Stuhl eines Sonntags in der morgendlichen Sonne auf einem Flohmarkt stand, machte er wieder einen ganz passablen Eindruck. Es dauerte nicht lange und eine bebrillte Lehrerin in einem langen indischen Kleid, trug den Stuhl in ihre kleine Mansardenwohnung, stellte ihn neben eine leicht geschwungene Stehlampe vor ein großes Bücherregal und verbrachte zahllose Stunden, im Schein des hell leuchtendenden Halogenlichtes, auf ihm und verlor sich in Büchern großer Dichter und Denker. Der Stuhl wurde gehegt und gepflegt. Wenn ab und zu jemand zu Besuch kam, wurde er stets als Schnäppchen vom Flohmarkt präsentiert und jeder musste sich von seinen Vorzügen persönlich überzeugen. Man bewunderte die gute Verarbeitung, das zwischen den modernen Möbeln augenfällige, anheimelnde Design und die

Spuren der Abnutzung seiner Lederbezüge und die sanften Dellen im Holz waren Ausdruck seiner Persönlichkeit und wurden als Zeugnis seines hohen Alters geschätzt. Viele Jahre stand er neben dem längst überfüllten Bücherregal, manchmal strichen die Finger der mittlerweile alten Dame, langsam hin und her gleitend, seine Lehnen entlang und verweilten in den fühlbaren Dellen. Die spätherbstliche Sonne verwandelte den Raum in einen Tempel der Ruhe und schmeichelte dem regelmäßig mit Politur und Lederpflege behandeltem Stuhl. Doch eines Tages musste der Stuhl einem großen, weichgepolstertem Lesesessel weichen und stand nun im Flur, neben dem Telefon. Als die alte Dame schließlich in ein Altersheim kam, erbarmte sich ihre Nichte seiner und wieder einmal fand er eine Ecke neben einem kleinen Tisch, der jedoch so gut wie nie genutzt wurde. Nach einem Umzug in ein geräumiges, altes Haus, das vollständig renoviert in mitten eines gepflegten Gartens stand, landete der Stuhl schließlich auf dem hohen Dachboden, zwischen Kisten und altem Gerümpel. Manchmal wurde er etwas zur Seite geschoben um Platz für ein paar ausrangierte Sachen zu machen, die fein säuberlich in Kisten verpackt waren oder um an den Stapel Winterreifen zu gelangen, der von einer großen Plane bedeckt in er hinteren Ecke stand.

Mehr und mehr bedeckte der Staub der Zeit den alten, klapprigen Stuhl. Der Dachboden bot immer weniger Platz für die zahlreichen Kisten, alten Bettgestelle und die Erinnerungen längst vergangener Zeiten. Unter der Last schwerer Kisten war seine rechte Lehne gebrochen, doch das fiel hinter dem angesammelten Gerümpel des Lebens kaum auf, nur wenig Licht fiel in die Ecke hinter dem großen Schornstein und wer sollte sich schon bis zu ihm durchkämpfen. Doch eines Tages würde wieder einmal ein Lastwagen vorfahren und den alten, geschundenen Stuhl fortbringen. Dann würde er noch einmal im Licht der Sonne stehen und vielleicht würde noch einmal jemand über seine geschwungenen Lehnen streichen und die einstige Eleganz und die hervorragende Verarbeitung bewundern, vielleicht zum letzten Mal.

Winter-Blues

„Keep me warm, let me wear your coat"

Der Schnee knirschte unter seinen Füssen, ab und zu blies der kalte Nordwind ein paar Schneewehen über die bedeckte Straße. In der Ferne stand eine alte Scheune, Strommasten ragten aus den schneebedeckten, von kleinen Baumgruppen unterbrochenen Felder und zogen sich über die sanften, endlosen Hügel. Er stapfte durch den knöchelhohen Schnee, zog den Kragen höher und näherte sich langsam der einsamen Scheune. Seit Tagen kündigte der trübgraue Himmel immer neue Schneefälle an, seit Tagen lief er einsam an langen Highways endlang, strich durch kalte Häuserschluchten und saß in mäßig besuchten Coffeeshops, seinen müden Gliedern etwas Ruhe gönnend, um am Abend, wenn sie nach Hause kam, etwas Wärme zu spüren und die kurzen Momente des Glücks auszukosten.

Hinter der Scheune tauchten ein paar Häuser auf, doch auch hier war kein Lebenszeichen zu erkennen. Die einfachen Holzhäuser standen in verscheiten Gärten und der jungfräuliche Schnee bedeckte einige Arbeitsgeräte, die vergessen neben den Einfahrten standen oder an der Veranda lehnten, weit und breit war kein Mensch zu sehen. Irgendwie schien die gesamte Natur und auch ihre Bewohner in einen tiefen Winterschlaf gefallen zu sein. Auch kein Wunder, bei diesen eisigen Temperaturen, dachte er, schüttelte den Schnee von den Hosenbeinen und spürte wie die Feuchtigkeit allmählich die Unterschenkel hochkroch. Kurz darauf erreichte er eine

Brücke, die über einen vierspurigen Highway führte. Dahinter zog sich die Straße durch weitere Felder, vorbei an einem kleinen Waldstück und am Horizont ragten ein paar mehrstöckige Häuser in den Himmel. Er blickte auf den Highway hinunter, auf den endlosen Strom der Fahrzeuge, die unter seinen Füßen hindurchrasten. Würden sie jetzt nach Hause fahren, in die Arme ihrer liebenden Familien, die vor dem lodernden Kamin ihrer Ankunft harrend, die bunten Lichterketten im Vorgarten betrachteten oder würden sie sich an riesigen Parkplätzen, Shoppingcentern und MacDonalds vorbeischlängelnd, hinter den kalten, neonbeleuchteten, mit Graffiti beschmierten Gängen die Türen schließend, in ihren tristen Appartements einer Vorstadtsiedlung landen, um den Abend allein mit Dosenbier und Hamburgern vor dem Fernseher zu beenden? Es war Weihnachten, doch auch die bunte, aus allen Winkeln funkelnde Weihnachtsbeleuchtung und kitschige Dekoration in den Vorgärten und Malls, die wie aus einem Coca Cola-Spot entsprungen wirkte, konnte die Kälte nicht verdrängen. Jeder Highway ließ die weiße Pracht zu einer schmuddeligen graubraunen Masse verkommen und die mit einlullender Weihnachtsmusik betäubten Menschen hasteten wie ferngesteuert durch die klimatisierten Gänge der Shoppingcenter. Er dachte an eine heiße Tasse Kaffee und machte sich auf den Heimweg. Bald würde sie kommen und auch wenn die Siedlung zu dieser Zeit mehr einer Isolierstation glich, so würde ihr Lächeln den Frust des Tages vergessen lassen und ihm Sommer wäre es hier sicherlich ganz anders.

Wieder stand er auf einer Brücke, der Mississippi floß gemächlich dahin und auf der gegenüberliegenden Seite grüßte St. Paul mit einer riesigen Bierreklame. Vor dem diesigen Himmel zeichnete sich die Skyline mit weichen Konturen ab, lediglich der große Kronkorken mit dem Gran Belt-Label hob sich farblich von der im Graublau eingebetteten Stadt etwas ab. Brücken verbinden, sie sind ein Symbol für Fortschritt und Mobilität, architektonische Meisterleistungen in einer zusammenwachsenden Welt, sie überspannen Flüsse und Täler, führen Menschen zusammen und fördern den Austausch von Waren und Kultur. Kaum ein Bauwerk hat das Leben der Menschen mehr verändert, stets führten sie zu wirtschaftlichem Aufschwung, größeren Ansiedlungen und brachten die Errungenschaften der Zivilisation und neues Wissen in die abgelegensten Regionen. Heute sind sie selbstverständlich und kaum ein Mensch denkt bei ihrer Überquerung an den wesentlichen Beitrag, den sie bei der Erschließung neuer Kontinente hatten. Brücken und Wolkenkratzer waren die Sinnbilder Amerikas. Erst vor Kurzem war eine der Brücken hier in Minneapolis eingestürzt, hatte die Lebensadern der Stadt unterbrochen und plötzlich wurde deutlich wie brüchig doch die Strukturen/Konstrukte menschlichen Zusammenlebens sein können.

Ein paar kleine Eisschollen trieben auf dem Mississippi, stießen an die runden, massiven Poller, die den Schiffverkehr im leichten Bogen den Fluß hinunter lenkten und strebten der nächsten Brücke zu. Wieder machte er an einer Brücke kehrt, um sich bei einer heißen Tasse Kaffee aufzuwärmen. Der Wind fegte unbarmherzig durch die Straßen, die meisten Menschen bevorzugten die gläsernen Übergänge, die einen Wolkenkratzer mit dem anderen verbanden, hin und wieder standen ein paar schlotternde Angestellte vor den windgeschützten Eingängen um eine Zigarette zu rauchen. Gegen Feierabend standen vereinzelte Obdachlose an den Ausfallstraßen und wiesen mit Pappschildern auf ihre missliche Lage hin. Upperdown, das waren stählerne Luxustempel, die mit weihnachtlichem Firlefanz und der amerikanischen Flagge den American Way of Life zelebrierten und die kaufkräftige Kundschaft anlockten, Banken, einigen historischen Gebäuden, eingezwängt zwischen den bedrohlich wirkenden Betonkästen, die gleich einer Insel, in einer weit ausladenden, von zahlreichen Highways durchschnittenen Stadtlandschaft standen. Andere Stadtteile hatten einen mehr kleinstädtischen Charakter und wurden durch eine Vielzahl von Straßen in gleichförmige Rechtecke aufgeteilt. An der Peripherie bildeten Einkaufszentren mit Supermärkten, Drive-Inn-Banken, Coffeeshops, Schnell-Restaurants und Pflegestudios, die mit großen Parkplätzen um die Schnittpunkte der Highways drappiert wurden, den Mittelpunkt. Man schien hier nur zu wohnen und einzukaufen, nie sah man auch nur einen Menschen die Straße entlang laufen, selbst nachbarschaftliche Kontakte konnten hier nicht sonderliche ausgeprägt sein, außer Reifenspuren, die regelmäßig vor einer der in die Häuser integrierten Doppelgaragen endeten, waren keinerlei Anzeichen von Leben zu erkennen.

Das Cossetta erstrahlte im warmen, goldenen Licht der Scheinwerfer. Es war eine originelle Mischung aus Lebensmittelladen und Pizzeria und eines der ältesten Restaurants der Stadt. Trotz der Kantinenabfertigung hatte es eine gemütliche Atmosphäre, die Wände waren mit Fotos und Widmungen aus der Vergangenheit gepickt. Da waren Frank Sinatra und Dean Martin, berühmte Sportler und Politiker, die alle die Geschichte des Hauses prägten, entlang der Wände wurde die Familiengeschichte der Betreiber erzählt, die Einrichtung war rustikal und das Scheppern des Geschirrs versetzte einen in die Küche einer italienischen Großfamilie. Das Essen war gut und preiswert, was bereits die gut gefüllten Räumlichkeiten verdeutlichten. Sie stiegen mit ihren vollbeladenen Tabletts die Treppe hoch und fanden einen gemütlichen Platz in der ersten Etage neben einem Fenster. Sie schaufelten sich ihre Lasagne rein, erinnerten sich an gemeinsame Erlebnisse und lachten viel, er fühlte sich wohl, endlich hatten sie Zeit für einander, genossen den Abend und planten die nächsten Unternehmungen. Hand in Hand liefen sie durch die Straßen von St. Paul, lauschten in einem alternativen Coffeeshop einigen Amateurmusikern, bewunderten die mit Lichterketten überzogenen Bäume vor dem Ordway Center, wanderten an der St. Pauls Cathedral vorbei die Summit Avenue entlang und landeten schließlich im Patrick MacGoverns, einem rustikalen Pub mit Flachbildschirmen an den Wänden und einer großen Auswahl an Bieren. Beim Rauchen vor der Tür, staunte ein betrunkener Amerikaner über ihre außergewöhnliche Fernbeziehung, wollte wissen wie sie sich kennen gelernt hatten und ob Deutschland wieder aufgebaut sei. Er kannte »Die Brücke von Remagen« und andere Kriegsfilme und musste wohl ein halbes Jahrhundert verschlafen haben, nur seltsam, das er längst noch nicht so alt war. Obwohl Beide lachten, war ihnen die Problematik ihre Beziehung durchaus bewußt. Für ihn war klar, das all dies nur der Anfang sein konnte und es bestimmt nicht einfach werden würde. Aber waren sie nicht auf einem guten Weg, hatten sie nicht schon Pläne, wie sie in naher Zukunft gemeinsam leben könnten? Es gab noch einige Hürden zu überwinden und er würde für eine gemeinsame Zukunft alles tun, doch manchmal war er sich nicht sicher, ob ihre Liebe groß genug sein würde die Zeit der Trennung zu überstehen. Liebe, die kein wenn und aber kennt, die alle Grenzen durchbricht, allen Anfeindungen und Widrigkeiten trotzt und ein Leben lang hält, ja sogar immer größer wird und selbst im Angesicht des Todes noch die Welt erleuchtet, die wahre, reine Liebe, gibt es sie nicht nur im Kino oder Romanen? Egal, jetzt war heute und morgen würde unweigerlich kommen, sie würden dann schon sehen wie groß ihre Liebe ist und welchen Wert ihre Schwüre und Beteuerungen dann noch haben.

Es war dunkel als sie entlang des Mississippi nach Süden fuhren. Sie hatten in einem mexikanischen Restaurant gegessen und wollten das letzte Wochenende in Lake City verbringen, einer Kleinstadt am Lake Pepin verbringen. Am Ortseingang mieteten sie ein kleines Appartement mit Whirlpool und machten sich auf die Stadt zu erkunden. Im Sommer musste Lake City wohl von Urlaubern und Wochenendausflüglern bevölkert sein, doch jetzt war es ruhig, ja nahezu tot. Die Straßen lagen zugeschneit im fahlen Licht der kleinen Straßenlaternen, die meisten Häuser schienen verlassen und erst in einem Pub, der mehr einem Veranstaltungssaal glich, trafen sie auf ein paar Einheimische. Überhaupt strahlte dieser Teil Amerikas zu dieser Jahreszeit nicht gerade viel Lebensfreude aus.

Der Yachthafen lag halb zugefroren im diesigen Morgenlicht, ein paar Enten watschelten auf dem spiegelglatten Eis, er hielt sie im Arm und blickte auf die frostige Seelandschaft. Es war so still, die kleine Stadt lag im Winterschlaf, selbst der kalte Wind wehte geräuschlos über den Pier. Ihre Stimmen klangen ungewöhnlich laut und er hatte den Eindruck sich in einer Zeitkapsel zu befinden. Morgen würde er im Flugzeug sitzen, würde den Ozean überqueren und sich mit jeder Sekunde mehr von ihr entfernen. Sie würden sich wieder sehen, im Frühling, im Sommer, aber bis dahin müsste er von den letzten Stunden zehren müssen, er würde wieder kommen, im Sommer und eines Tages würden sie in einem Haus am Meer wohnen, nicht hier, unter Palmen, dort wo die Welt die Wärme ihres Lächelns widerspiegelt. Zwischen den Yachten, die mit Planen überzogen, aufgebockten auf einem großen Parkplatz standen, drückte er sie beklommen an sich. Spürte sie den Schwermut, die sich gleich den grauen Wolken über dem See auf sein Herz senkte? Sie drückte seine Hand und küsste ihn innig. Er wollte sich nichts anmerken lassen, es war ihr letzter Tag und sie sollten ihn noch einmal genießen.

»Lass´ uns was essen gehen.«

Nachdem sie ein reichhaltiges Frühstück zu sich genommen hatten, machten sie sich auf den Rückweg, vorbei an verblichenem Präriegras, das nur von wenigen über die Landschaft verteilten Flecken Schnee bedeckt war, den roten Backsteinhäusern, die häufig das Stadtbild prägten und ihn an die Bankgebäude in alten Western erinnerten, machten einen Abstecher in einen kleinen Nationalpark und blickten von einem Hügel über den breiten, sich dahinziehenden Mississippi.

Er steuerte den Wagen zurück zum Highway. Winter bedeutete Stille, Besinnlichkeit und Geborgenheit im Kreise der Familie, das war in Amerika nicht anders als woanders, doch die Stille spürte man nur in der Natur, die sich zur Ruhe gelegt hatte um im Frühling mit neuer Kraft dem Kreislauf des Lebens zu stellen und die Welt mit Farbe zu erfüllen. Das Leben ist wie dieser Highway dachte er, wir fahren immer weiter und auch wenn wir uns am Wegesrand ein wenig ausruhen, so bleiben wir doch nicht stehen. Wir lassen vieles hinter uns, nehmen Erinnerungen mit auf unseren Weg, den wir nicht kennen und von dem wir doch wissen, das er eines Tages enden wird. Der Anfang und das Ende ist alles was wir kennen, doch was dazwischen liegt ist Glück und Leid, Freude und Trauer – das Leben.

Wieder einmal näherten sie sich einer Brücke, ihre kühlen Stahlstreben ragten gen Himmel und umklammerten die Fahrbahn wie ein Gerippe. Gleichmäßig zogen die Stahlträger an ihnen vorbei. Wir bauen Brücken, in Gedanken und Taten, aus Liebe und aus Stein, mit Worten und Hoffnungen, sie bringen uns an neue Ufer und versprechen uns die Sicherheit einer möglichen Rückkehr, wir wissen nicht wer sie überquert, aber sie können auch einstürzen oder abgebrochen werden. Eine Brücke ist eine Herausforderung, eine offene Hand, sie verheißt Freiheit und neue Erfahrungen, manch einer wird sie nie beschreiten, ein anderer wird sie hinter sich einreissen, aber wir werden immer wieder Brücken bauen weil wir glauben das sie uns unserem Ziel näher bringen und uns eines Tages zu dem führen was wir suchen.

Mit einem leichten Holpern verließ der Wagen die Brücke und folgte dem in einer weit gestreckten Kurve verlaufenden Highway – bald würde es wieder Sommer werden.

B.W. Zocher ist 1957 in einer ostwestfälischen Kleinstadt geboren und arbeitet seit Abschluss seines Studiums als Grafik-Designer. Schon in früher Jugend hat es ihn immer aus der Enge seines Heimatortes hinausgetrieben um fremde Kulturen und andere Lebensweisen kennenzulernen und schon immer hat er seine Eindrücke und Erlebnisse zu Papier gebracht.

Danksagung

Obwohl es mich immer wieder dazu trieb meine Gedanken, Erlebnisse und Geschichten niederzuschreiben, hatte ich an eine Veröffentlichung nie gedacht. Wie auch einige meiner grafischen Arbeiten, Fotos und Malereien, entstanden diese Kurzgeschichten wohl mehr aus dem Bedürfnis heraus etwas festzuhalten und wohl auch dem Misstrauen meinem eigenen Erinnerungsvermögen gegenüber. Dem ein oder anderen Freund gestattete ich einen kleinen Einblick in die im Laufe der Jahre entstandenen Geschichten und immer wieder wurde ich ermutigt die ein oder andere Geschichte zu veröffentlichen. Sah ich zunächst keinen Sinn darin, so erkannte ich doch mit der Zeit, dass es nicht nur meine Geschichten waren, sondern auch zugleich ein Bild einer Generation. Erinnerungen, Erfahrungen und Erlebnisse, die nicht nur eine Vielzahl meiner Altersgenossen mit mir teilen, sondern stets aufs Neue das Leben prägen und uns zu dem machen was wir sind.

Ich danke all denen, die mir Mut gemacht haben, die ihren Anteil an diesen Geschichten hatten, meiner Familie und Freunden und besonders Gaby und Christoph, die mir bei der Erstellung dieses Buches mit Rat und Tat zur Seite standen.

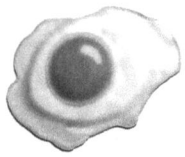